W0408929

SANS LOI NI MAÎTRE

ARTURO PÉREZ-REVERTE

SANS LOI NI MAÎTRE

roman

TRADUIT DE L'ESPAGNOL
PAR GABRIEL IACULLI

ÉDITIONS DU SEUIL
*57, rue Gaston-Tessier, Paris XIXe*

Titre original : *Los perros duros no bailan*
Éditeur original : Alfaguara, Penguin Random House
Grupo Editorial
ISBN original : 978-84-204-3269-4
© Arturo Pérez-Reverte, 2018

ISBN 978-2-02-140152-3

© Éditions du Seuil, mai 2022, pour la traduction française

Le Code de la propriété intellectuelle interdit les copies ou reproductions destinées à une utilisation collective. Toute représentation ou reproduction intégrale ou partielle faite par quelque procédé que ce soit, sans le consentement de l'auteur ou de ses ayants cause, est illicite et constitue une contrefaçon sanctionnée par les articles L. 335-2 et suivants du Code de la propriété intellectuelle.

www.seuil.com

à Sombra, Morgan, Mordaunt,
Sherlock, Rumba et Ágata

Depuis que j'ai la force de ronger un os j'ai le désir de pouvoir parler pour dire ce que je garde en mémoire.

Miguel de Cervantes,
Le Colloque des chiens

1. L'Abreuvoir de Margot

Mon maître croyait que je me battais pour lui, mais il se trompait. Je me suis toujours battu pour moi. De par ma race et mon caractère, je suis un lutteur-né : à cette époque, je pesais cinquante kilos, j'avais une hauteur au garrot de soixante-quatorze centimètres et une bouche avec de forts crocs dans laquelle aurait tenu la tête d'un enfant. Je suis né métis, croisement de mâtin espagnol et de fila brasileiro. Quand j'étais chiot, j'ai eu un de ces noms tendres et ridicules que l'on donne aux toutous peu après leur naissance, mais c'est bien loin, tout ça. Je l'ai oublié. Depuis longtemps tout le monde m'appelle Negro.

Agilulfo – un podengo maigre, philosophe et cultivé qui s'y connaît en ce domaine – assure que je suis né pour le combat : que je suis un guerrier antique de souche gladiatrice aussi vieille que l'histoire des hommes. Il paraît que mes ancêtres ont étripé des ours et des loups dans les montagnes, des lions dans le Colisée, accompagné les légions romaines et déchiqueté des barbares dans les forêts de Germanie et sur le limes du Danube, chassé les Indiens dans la Caraïbe et les esclaves marrons en fuite dans les forêts amazoniennes. Tout un curriculum, dit Agilulfo. Il ajoute que c'est peut-être pour cela que les chiens de ma race ont dès leur jeune âge des yeux de vieillard, une âme cousue de cicatrices et un regard résigné venu de siècles de sang et de fatalité. L'homme a fait de nous des assassins, ou presque. Et nous le savons.

– Salut, Negro.

– Salut, mon pote.

– Une goutte d'anisée ?

– Ça ne se refuse pas.

– Eh bien, vas-y.

C'est Agilulfo qui le premier m'a parlé de la disparition de Teo et Boris le Beau. Ce soir-là, j'avais comme d'habitude mis le cap sur l'Abreuvoir de Margot, près de la distillerie d'anis qui déverse ses résidus dans le fleuve, et j'étais là, à donner des coups de langue dans la rigole, en réfléchissant à mes affaires. Sans grand succès.

Ces derniers temps, réfléchir me demande un drôle d'effort. Ma tête n'est plus ce qu'elle était. Idées et souvenirs vont et viennent, et c'est comme si les vieilles balafres que j'ai sur le museau, les pattes et le dos se rouvraient. Je vieillis, sans doute. Chez nous, les chiens, ça vient vite.

– Tu penses à quoi, Negro ?

– Je ne saurais dire.

Agilulfo m'observait, attentif, toujours plus soucieux. Parfois – bien souvent –, je reste court, ou absorbé par une chose rivée, clouée dans ma tête, le corps agité d'un tremblement étrange. Ça, ce n'est pas l'âge, mais la mémoire. Elles se font sentir, ces deux années pendant lesquelles j'ai gagné ma vie dans ce qu'on appelle les combats de chiens. On sait ce que c'est : un cercle – l'Abattoir, en jargon canin –, une multitude d'humains suants et vociférants qui parient, et deux lutteurs aux regards fous qui s'affrontent à coups de crocs. En un combat à mort. Et de telles choses n'arrivent ni ne s'oublient comme ça.

– Parfois, tu as l'air perdu, Negro. Comme si tu n'étais pas là.

– C'est peut-être que je n'y suis pas.

Agilulfo se frotta le museau après avoir bu une gorgée dans la rigole. J'ai dit que c'était un chien cultivé. Son maître est un humain qui a une grande bibliothèque et qui va beaucoup au cinéma.

– On est là ou pas, statua-t-il gravement.

– Ce doit être ça.

– Être ou ne pas être, comme a dit le poète.

– Quel poète ?

– Aucune idée. Mon maître l'appelle comme ça.

– Ah.

– Il a écrit des pièces de théâtre, à ce qu'il paraît.

– Eh bien.

Souvent, ça me reprend, je montre les crocs, je grogne à la lune après m'être cru environné par les cris des humains, la fumée des cigarettes, les spectres des chiens que j'ai tués ou rendus infirmes : ceux-là mêmes qui m'ont infligé, dans ma chair et je crois bien aussi quelque part plus profondément en moi, des balafres comme celles qui bigarrent mon poil noir. Margot la Portègne – la bouvière des Flandres qui tient l'Abreuvoir, enlève les saletés et les plastiques, tient à distance les chats et leurs pisses, les pigeons et leurs fientes – raconte que quand ça me prend je me bats contre le vent comme si je n'avais plus toute ma tête.

– En pareil cas, dit-elle, la meilleure des choses à faire, c'est de se tenir à l'écart et d'attendre que ça se tasse… Quand il est remonté, Negro est un véritable fils de chienne, *che*[1]. Il te réduit en bouillie comme un rien.

Agilulfo, qui en connaît un bout, soutient que mon état a quelque chose à voir avec ces humains appelés boxeurs.

– Tu sais, conclut-il, ceux qui sont sonnés à force de recevoir des gnons et d'être envoyés au tapis.

Dans mon cas, pour ce qui est d'aller au tapis, ça ne m'est pas arrivé souvent, et jamais je n'y suis resté en fin de combat. C'est pour ça que je peux en parler. Quand un chien de combat va au tapis, c'est la fin de sa carrière, et souvent de sa vie. S'il est gravement blessé, on l'achève vite fait ; s'il remue encore la queue, il va servir aux débutants à se faire les dents, ou comme chien de garde à l'attache dans une propriété, un garage ou un rafiot délabré, aussi esquinté en profondeur qu'en apparence. Fou de soif, de solitude et de peur.

– On est toujours sans nouvelles de Teo, m'a dit Agilulfo ce soir-là.

J'ai bu une nouvelle lapée dans la rigole et je suis resté là, tête basse, oreilles pendantes, préoccupé. Teo était mon meilleur ami. Ou l'avait été jusqu'à une date récente. Un limier de Rhodésie sérieux et fort,

1. Interjection idiomatique argentine.

de toute confiance. Il était rarement absent à nos colloques au rade de Margot.

– Je l'ai vu ici il y a deux semaines, ai-je dit à Agilulfo. Et toi aussi.

– C'est bien ça. Quand tu es parti, il est resté avec Boris le Beau... Ils ont lapé de l'anis jusqu'au soir, et ils sont partis en parlant de leurs affaires. On les a vus ensemble dans le passage du Rat.

– Qui les a vus ?

Agilulfo regardait, stoïque, une tique qui grimpait sur sa patte droite.

– Susa.

– La traînée ?

– Oui. D'après elle, ils étaient tous les deux détendus, ils avançaient en remuant la queue.

– Sans plus ?

– C'est ce qu'elle assure : « Le petit monsieur et le dur », c'est ce qu'elle s'est dit. Elle a aboyé un peu après eux, ils l'ont saluée et ont poursuivi leur chemin.

– Sans même la renifler un peu ?

– Elle a fait son temps.

J'ai souri comme sourient les chiens, en tirant un peu la langue et en soufflant deux-trois fois : arf, arf, arf. Susa est une de ces bâtardes des rues qui ne disent jamais non. Elle a l'habitude de se poster devant le passage du Rat pour s'y chercher une compagnie, et il est rare qu'elle n'en trouve pas une. Il arrive que de jeunes chiens viennent en bande et elle en débourre plusieurs à la fois. J'ai moi aussi, en d'autres temps, eu affaire à elle, comme tous les mâles du coin, exception faite de Rudi – alias Perlita la Dog Queen –, un délicat caniche gris perle qui joue sur un autre clavier.

– À partir de là, a poursuivi Agilulfo, on n'a plus rien su d'eux. Ni de l'un ni de l'autre. Il semble que Boris ne soit jamais rentré chez lui.

– Et Teo ?

– Lui non plus, on dirait bien.

– C'est très bizarre.

– Je ne te le fais pas dire. C'est un chien d'habitude.

J'ai gardé le silence pendant un petit moment. Teo vivait avec une petite vieille, veuve sans grands moyens, dont il surveillait le jardinet contre de la nourriture. Il aimait se coucher à l'ombre du linge étendu.

– Il y a longtemps que je ne l'ai pas vu, comme je te le disais, ai-je enfin conclu en appuyant la tête entre mes pattes. – Et la dernière fois, c'est à peine si nous avons échangé une demi-douzaine de grognements.

Agilulfo donna un autre coup de langue dans la rigole et s'essuya la truffe en la frottant contre mon flanc. Puis il fit un rot aux effluves anisés avant de s'allonger près de moi. Tout philosophe qu'il était – Aboie sur toi-même était sa devise favorite –, il s'autorisait certaines marques de confiance.

– Eh bien, lui non plus ne reparaît pas, observa-t-il. Comme je vis près de chez lui, en venant, j'ai jeté un coup d'œil. La nourriture et l'eau n'ont toujours pas été touchées, devant la porte... Et pour ce qui est de Boris le Beau, ses maîtres ont placardé des avis de disparition il y a quelques jours. Tu n'as pas vu les affiches collées aux réverbères et aux arbres ?

J'ai hoché la tête en signe de dénégation. J'étais resté longtemps à sommeiller sous un pont du fleuve avec une étrange rumeur dans la cervelle. Je n'étais pas dans ma meilleure semaine. Ce que j'ignorais, c'était que des jours plus sombres n'allaient pas tarder à venir.

– Tiens, le voilà. Agilulfo approcha de moi d'un coup de patte une photocopie froissée qui traînait par terre.

De l'autre côté de la rigole, Margot s'était approchée pour jeter un regard curieux.

– Même en photo, dit-elle, ce corniaud est superbe.

– Ce n'est pas un corniaud, précisa Agilulfo, faussement équanime. C'est un lévrier russe aux yeux d'or.

Un barzoï, ou quelque chose comme ça, ajouta-t-il après avoir ménagé une pause ironique. Un aristocrate.

Margot fit entendre un râlement très semblable à un rire méprisant. En dépit de ses deux ou trois quartiers de bouvière des Flandres, elle avait l'accent portègne. Amenée d'Argentine par un chanteur de milonga qui était mort peu après, ou s'était défilé, allez savoir, elle s'était retrouvée à la rue sans ressources ni profession, jusqu'à ce qu'elle ait l'idée de tenir l'Abreuvoir.

– Corniauds, nous le sommes tous, tu sais. Depuis que nous avons renié notre sang de loup, libre et fier, le labeur de servir les humains nous avilit. Alors, corniauds nous restons, tu vois ? Corniauds et cornichons.

Margot était, et elle est toujours, une chienne vindicative, hargneuse, féministe – pas un seul d'entre nous ne peut se vanter de l'avoir jamais montée – au caractère de cochon. Qui a pourtant ses faiblesses, comme tout le monde. Je suis l'une d'elles. Elle me soigne, me laisse boire seul dans la partie la plus propre et la plus fraîche de la rigole, et quand les diables me montent au cerveau, elle me permet de m'allonger là, sur place, et me donne des coups de langue sur le museau et le ventre jusqu'à ce que je recouvre mes esprits et me calme un peu. Ensuite, pour que je ne prenne pas ça pour ce que ce n'est pas, elle garde ses distances pendant deux ou trois jours. Voilà où nous en étions, à ce moment-là.

– Et plus encore par ces temps d'abêtissement et de magouillage, où tout un chacun se vend pour un minable bout d'os, souligna-t-elle en me lançant un regard de côté.

– Et même pour un os sans moelle, remarquai-je, blagueur.

– Tout juste, *che*. Ou vend les camarades.

– *Canis canis lupus*, philosopha Agilulfo.

Comme il m'observait avec une idée derrière la tête – il connaissait mon passé –, j'ai détourné le regard sous prétexte d'examiner la photocopie. En effet, il était là, Boris le Beau, avec son long poil soyeux et propre, son museau racé, ses fiers yeux d'or et de velours, son collier antiparasitaire au cou, en plus de l'autre, de grand luxe, en cuir tressé, avec toutes les plaques réglementaires imaginables : vaccins contre la rage, la maladie de Carré et tout le reste. Un collègue soigné et de bonne famille.

Perdu chien qui répond au nom de Boris, devait dire le texte. *Récompense*, etc. Je ne suis pas très versé dans les comptes des humains, mais le chiffre semblait énorme, à hauteur de l'animal, de ses maîtres et de tout ce qui entourait la vie du lévrier en question, une de ces petites merdes privilégiées qui naissent sur des coussins, ne sont croisées qu'avec des femelles de pur pedigree et gagnent les concours de beauté canine en se pavanant dans des poses élégantes sous l'œil des objectifs.

– Il faut reconnaître, remarqua Margot en regardant elle aussi la photocopie, qu'il est très chic, ce crétin de Russe.

J'approuvai, objectif. Boris n'était pas appelé le Beau pour des prunes : il avait remporté des prix et on le croisait de temps en temps avec de splendides femelles au poil blond et aux longues pattes, telles qu'on ne les voit que dans le magazine *Chiens et Chiennes* – Teo disait que des beautés pareilles n'existaient pas, qu'elles étaient fausses, dessinées sur ordinateur par les humains –, ou museau pointé à la lunette arrière de voitures de luxe. Oui, à la différence de Teo, de moi-même, de nous tous, Boris le Beau était un gagnant-né, de ceux qui passent sur le trottoir bien droits et obéissants au bout de la laisse de leurs maîtres distingués et qui font mouiller toutes les nanas de race canine. Snobinard fils de chienne.

Je suis resté tard au troquet de Margot, à réfléchir, entre deux coups de langue que je donnais dans la rigole. Ou à m'y efforcer. De réfléchir, je veux dire. Si je me souciais comme d'une guigne du sort de Boris le Beau, il n'en allait pas de même en ce qui concernait Teo. Comme je l'ai dit, ce limier de Rhodésie bien balancé avec son poil blond-roux et ses pattes musclées était mon meilleur ami, ou l'avait été. Discret, fort, courageux. Un type sûr. Ses ancêtres, un peu comme les miens, avaient chassé lions et nègres, en Afrique du Sud ou quelque part dans le coin. Ce qui a donné lieu à de longues conversations entre nous, à partir du moment où nous avons fait connaissance, il y a environ un an, quand je venais de me retirer des arènes de combat, un soir où chacun de nous buvait isolé à la rigole. Quelqu'un, je ne me rappelle plus qui, Agilulfo ou un autre pilier du rade, a lancé que j'avais été en mon temps une vedette de l'Abattoir, et Teo – nous ne nous étions encore jamais vus – m'a observé un long moment avec curiosité.

– Drôle de façon de gagner sa vie, a-t-il fini par dire en me regardant dans les yeux.

– Mieux vaut ça que de danser sur deux pattes dans un cirque, ai-je répliqué. Ou d'être chien policier.

Il a remué la tête comme s'il appréciait la réponse et il a continué de m'observer, langue à moitié tirée en une ébauche de sourire affable.

– Quoi qu'il en soit, il a pris sa retraite ici il n'y a pas longtemps, le baraqué, a dit Margot, de l'autre côté de la rigole.

Teo m'a lancé un regard de curiosité.

– Pourquoi ?

Il s'exprimait posément, sans un soupçon de provocation. J'ai trempé le museau dans l'anisée, puis je l'ai essuyé d'un coup de patte.

– Dans ce métier, ai-je enfin répondu, si tu ne te casses pas, on te casse.

Il m'a regardé encore un peu, comme s'il réfléchissait à ce que je venais de dire. Au bout d'un moment, il a approuvé des oreilles.

– Je m'appelle Teo, a-t-il fait.

– Negro, ai-je répondu.

Nous nous sommes donné la patte et nous avons continué de boire sans plus rien dire. Sur ces entrefaites une bande de six bâtards a déboulé sur l'Abreuvoir avec l'envie d'en découdre et l'intention de flanquer une trempe à Susa. Mais ils s'en sont d'abord pris à moi.

– C'est toi qui combattais dans l'arène, non ? a aboyé l'un d'eux avec agressivité.

– Je ne m'en souviens pas.

– Mais bien sûr que c'est toi... Tu es ce putain de Negro, pas vrai ?

– Et alors, en quoi ça te regarde si c'est moi ?

– On a des comptes à régler, mec.

Le « Tenez-vous bien, morveux » de Margot n'a servi à rien. Le minus a assuré que j'avais estropié un de ses cousins dans un quelconque tripot. Ça se pouvait, je n'ai pas tenu de compte. Le fait est que ces six-là étaient de sale race, vile, des corniauds faits pour chasser le rat, renverser des poubelles et attaquer en bande. La gueuserie canine.

– Mon cousin, mec, a insisté le taré. Tu l'as bien arrangé, mon cousin. Son maître l'a jeté dans un puits par ta faute.

À la troisième lapée d'anisée, ils ont commencé à s'exciter les uns les autres et fini par venir vers moi en montrant les crocs et en aboyant comme des fous. Même pour un professionnel, et j'en suis un, six adversaires à la fois, c'est beaucoup. J'en ai étripé un, j'ai arraché une oreille et la moitié du museau à un autre, et, résigné, je me suis résolu à vendre cher ma peau en me débattant du mieux que j'ai pu pendant que le reste de la bande me mordait les jarrets et le garrot, cherchant les veines du cou. Ils étaient bien partis pour m'achever.

– Ces malfrats vont le massacrer, *che*, lança Margot, alarmée.

Teo, qui, fidèle au vieil et sage adage canin – que chaque chien lèche son propre organe –, avait assisté au spectacle du coude de la rigole sans se mêler de ce qui ne le regardait pas, changea alors d'idée et se joignit à la mêlée pour me prêter patte forte. Et, bon, un mâtin espagnol croisé de fila brasileiro et un limier de Rhodésie dans le même camp, c'est le chambard assuré, tant et si bien qu'un moment plus tard nos gueules gouttaient le sang, trois des corniauds se vidaient du leur par terre et les autres déguerpissaient queue entre les pattes.

– Ils ne vous laissent même pas boire en paix, a fait Teo en secouant les babines pour en faire tomber les gouttes rouges.

Et c'est là, sous le regard approbateur de Margot – Agilulfo, également présent, était resté à distance prudente en faisant avec ses oreilles le V de la paix, mes frères, et en prononçant quelque maxime, en grec, je crois –, que Teo et moi sommes devenus amis. Et nous le serions encore si Dido n'avait pas fait son entrée dans nos vies.

Quand la lune s'est levée et a argenté l'eau de la rigole, j'ai grogné un « à bientôt » à l'intention de

Margot – Agilulfo s'était éloigné, titubant, en disant je ne sais quelle bêtise sur la volonté d'aller vivre dans un tonneau – et je suis rentré doucement à la maison, si ce mot peut être appliqué au magasin que je garde.

Je ne suis pas un chien intelligent, comme je l'ai dit. Ni même malin. Et les années passées à l'Abattoir n'ont pas rendu mes idées plus claires : il me semble parfois que l'engrenage dans ma tête tourne à vide. Mais il faut être un canidé avec aussi peu de jugeote qu'un cheval – ces quadrupèdes sont de braves garçons, mais d'une intelligence simplette – pour ne pas deviner le sort qui guette un lutteur quand il n'est plus capable de faire face. Ou il fausse compagnie à son maître et s'esquive à temps, ou il est liquidé. Équarri.

Attention : je ne suis pas de ceux qui désertent. Ma race a ses règles et ses loyautés. Un maître est un maître. Bon, méchant ou correct. Le mien m'a sorti de la fourrière à onze mois, quand on m'a abandonné. Et je lui en suis reconnaissant. Mais la loyauté des humains n'est pas la même que la nôtre. Et dans les combats de chiens, aboyer ne sert à rien. J'ai deviné quel avenir, ou plutôt quelle absence d'avenir m'attendait, juste assez tôt pour prendre les devants ; avant que les années et la fatigue n'aient fait de moi un déchet bon pour le coup de grâce, j'ai voulu démontrer que je pouvais aussi être utile en dehors de la palestre.

Je ne suis pas très futé, je le répète. Mais un cabot en apprend plus d'un aboiement que d'un livre. Et j'ai réussi mon coup.

L'occasion s'est présentée une nuit, quand deux humains ont voulu cambrioler le magasin de mon maître. Je ne dormais que d'un œil près de là, parce qu'il y a longtemps que je ne peux plus pioncer une heure de suite, et j'ai facilement pu sauter par-dessus la clôture de ma niche, faire fuir l'un et coincer l'autre contre le mur à coups de dents – le minable tremblait devant mes crocs comme devant le diable – en assourdissant la nuit de mes abois, ouah ! ouah !, jusqu'à ce que mon maître sorte avec une batte de baseball en blasphémant. Après, comme il préférait régler ses affaires sans que les policiers s'en mêlent, il a donné une sacrée trempe au voleur, et moi, j'ai gagné un os de veau. Un os sensationnel.

– Beau travail, Negro, bon chien.

À partir de là, soucieux de ma retraite, quand je n'étais pas à l'entraînement avant un combat ou bouclé la veille du jour où il devait avoir lieu, je n'ai jamais manqué de guetter l'occasion de me distinguer en de pareils cas, jusqu'à ce que mon maître soit convaincu que je pouvais aussi être utile en tant que gardien. C'est ainsi que quand j'ai commencé à flancher dans les combats – faiblesse que j'ai exagérée sciemment, selon les circonstances –, j'ai pu conserver, en plus de ma vie, une ration journalière de nourriture ; un os de temps en temps, un vaccin antirabique, de l'eau fraîche et la liberté de me coucher à mon aise dans le magasin et de courir les rues quand j'en ai envie, en sautant simplement par-dessus la clôture. Bien sûr, au point où j'en étais, j'aurais pu m'en aller vagabonder à ma guise ; mais j'ai déjà dit que les chiens de ma race – tous les chiens à vrai dire – ont dans leurs gènes certaines règles et certains codes. Sauf que, même sans eux, déserter aurait inclus chercher ma pitance dans les poubelles, les ruelles et finir – à mon âge, huit ans, c'est trop pour un chien de combat, avec en prime le risque de glisser sur une peau de banane – par passer le point de non-retour : la sinistre section de la fourrière municipale d'où nul n'est jamais revenu.

Pourtant, j'étais là, avec un maître. En tant que chien de garde. Je portais même un collier : une grosse chaîne d'acier qui, paradoxalement, me permettait de rester hors de la prison canine, à la différence d'autres infortunés, les abandonnés ou les malheureux que nul ne réclame et qui y trouvent leur fin, sans autre reproche que d'avoir moins de documents à fournir qu'un lapin de garenne.

Je ne remettrai plus jamais les pieds à l'Abattoir. Plus jamais. C'était du moins ce que je croyais.

2. Nous, les chiens, sommes machistes

Le lendemain, je suis passé chez la petite vieille avec laquelle vivait Teo. Le linge était étendu, mais dans son ombre je n'ai pas vu mon ami allongé. Ou mon ex-ami. Je suis resté un moment à attendre sur le trottoir d'en face, et la mamie est bientôt sortie. Elle aussi a regardé partout autour d'elle, comme si elle le cherchait, puis elle s'est dirigée vers le supermarché du coin.

Piqué par la curiosité, je suis parti en direction du fleuve, jusqu'au pont sous lequel, naguère, Teo et moi nous retrouvions pour rester là quelques heures ensemble sans rien dire, à regarder passer les barcasses devant la fumée des usines de l'autre rive. Parfois, pour nous divertir un moment, nous coursions les mouettes qui remontaient le fil de l'eau et faisaient quelques pas près des arches, avant de nous allonger de nouveau, essoufflés, en nous tordant de rire. Saletés de mouettes, disait Teo, avec leurs becs aiguisés comme des couteaux, toujours à guetter ce qu'elles peuvent marauder. Et qui viennent semer leur fiente à l'intérieur des terres. Regarde ces garces, Negro. On se paie la grise à tête blanche ?... Il ne pouvait vraiment pas les souffrir, mais à sa manière, ironique et détendue. Sans doute un mauvais souvenir de chiot, quand une d'elles avait dû essayer de l'attaquer à coups de bec. Moi, elles ne me faisaient ni chaud ni froid, mais c'était amusant d'en attraper une et de lui déchirer la gorge, même si après il nous fallait un moment pour cracher les plumes. Oui, c'était un bon exercice physique. Les humains jouent au tennis ou au golf, nous, on chasse les mouettes.

À notre endroit habituel, il n'y avait personne. Étrange, me suis-je dit pendant que je retournais dans mon quartier en longeant d'un trot court et pensif la berge du fleuve, entre des humains en short et baskets qui couraient, ruisselants de sueur, pour arriver plus vite à la tombe. C'était réellement très étrange. Teo n'était pas de ces chiens qui changent d'habitude pour un oui ou pour un non. Il avait au contraire de fortes raisons de rester dans le coin. Et la principale s'appelait Dido.

Nous avions fait sa connaissance un matin, non loin du pont. Cette partie de la ville est élégante, très différente de la nôtre. Il y a des maisons précédées d'une pelouse, des trucs comme ça. Une servante, Philippine, il me semble, la promenait au bout d'une laisse. Elle est passée devant nous en nous laissant cloués sur place, parce que c'est une chienne du tonnerre, une setter irlandaise tirant sur le blond, à la démarche élégante, et qu'à ce moment-là le vent agitait les longs poils de ses oreilles. Rien à voir avec ces toutoutes niaises qui jouent dans les films ou les séries télé, la mégachic de *La Belle et le Clochard*, par exemple, et pas davantage la diva surfaite du genre Lassie, pour que les choses soient claires. Dido était en ultime analyse une femelle accomplie. Si belle qu'en agitant la queue elle aurait pu faire fondre le bitume, et il suffisait de la voir marcher pour comprendre qu'elle le savait. Elles, les chiennes, le savent toujours.

Un des avantages que nous, les animaux, avons sur les humains c'est que nul n'exige de nous d'être politiquement corrects. Pour ça, nous sommes à notre affaire. Regardez les singes, au zoo : toute la sainte journée à s'astiquer le manche ou à se lutiner, à l'aise, devant les enfants ravis et leurs parents qui gloussent. C'est que nous, les animaux, sommes exempts de ces inepties-là. Du moins pour le moment. Personne ne nous en blâme, et quand l'appel de notre nature s'impose, nous avons l'excuse d'être, comme ils disent, irrationnels. De là leur indulgence à notre égard. Un petit moment de liberté, allez. Avec ces antécédents, il n'est pas étonnant qu'en voyant passer Dido – nous devions apprendre plus tard que c'était là son nom – Teo et moi nous soyons donné de la patte des coups de coude et, dressés comme un seul chien, lui ayons aboyé de tout. Ouah, ouah, ouah. On te croquerait tout entière, jusqu'à ton collier antiparasitaire, beauté. Etc. Si un humain disait à une humaine ce que nous lui avons dit ce jour-là, il se retrouverait au commissariat en moins d'une demi-heure. Mais, par bonheur, nous n'étions pas des humains. Il ne manquerait plus que ça : nous, les chiens, nous sommes machistes. Et très fiers de l'être.

Mais Dido, comme je l'ai dit, était bien trop chienne. Elle a encaissé sans broncher.

– Et tout ça vous allez me le faire à vous deux, tout seuls ? a-t-elle demandé avec beaucoup d'aplomb, très distinguée et très provocante.

– S'il le faut, on viendra avec quelques amis, a répondu Teo, toujours prompt à la repartie.

Elle nous a jeté un bref regard, avec l'air dédaigneux qu'elle aurait réservé à une crotte de chat galeux.

– Aussi, ça m'étonnait. Je suis un trop gros morceau pour des petits calibres tels que vous.

Nous laissant sans voix, elle s'est éloignée avec sa Philippine. En balançant la queue comme une déesse.

C'est à cela que je pensais en longeant la berge du fleuve. À eux deux, Dido et Teo, et au rôle peu reluisant que j'avais joué dans notre trio. Au cours des jours qui avaient suivi cette rencontre, mon compère et moi avions rôdé autour de sa maison, une demeure avec grille, jardiniers et trois voitures devant la porte. Tout d'abord, Dido a fait sa pimbêche, avec des apparitions calculées de l'autre côté de la grille, pendant lesquelles elle mordillait une balle en faisant semblant de ne pas nous voir. Enfin, un après-midi, elle s'est débrouillée pour s'échapper, en profitant de l'entrée d'un livreur chargé de paquets. Teo et moi étions allongés sous un arbre de l'autre côté de la rue, et elle est venue vers nous lentement. Sans gêne.

– Je boirais bien quelque chose, les petits, a-t-elle fait comme ça.

– Quoi, par exemple ? a demandé Teo.

Elle nous regardait sans broncher.

– Surprenez-moi, a-t-elle dit.

– À quel point ?

– Ça, on verra.

Nous l'avons conduite à l'Abreuvoir, évidemment. Ce qui a rehaussé notre prestige dans le cénacle. En voyant apparaître l'Irlandaise rousse, Agilulfo a dressé l'oreille et s'est mis à citer un certain Dante et une certaine Béatrice, tandis que Margot examinait la nouvelle venue de la tête aux pieds avec cette hargne que seule une chienne est capable d'afficher quand elle dissèque une autre chienne.

– Heu… Que veux-tu boire, poulette ?

– La même chose qu'eux.

Margot nous regardait d'un œil critique.

– Punaise. Vous l'avez pêchée où, cette Barbie ?

– En fait, c'est elle qui nous a pêchés.

Fido, le chien policier – un berger allemand qui bosse au commissariat du quartier –, s'est approché en se donnant des airs avantageux. Ce n'est pas un mauvais bougre, mais il n'est guère malin. Et pas des plus honnêtes. On le soudoie souvent sans peine : un os de jambon, quelques friandises piquées à un marmot. Avec lui, c'est vivre et laisser vivre.

– Tu n'es pas d'ici ?

– Ça saute aux yeux, lui a rétorqué Dido, entre deux lapées dans la rigole.

– Fais voir un peu ces plaques.

Il a jeté un coup d'œil au collier, pour s'assurer que tout était en règle. Rage et le reste. Elle avait même là son nom et son numéro de téléphone.

– Si tu dois l'arrêter, a dit Teo, souriant, mets-moi dans la même cellule qu'elle.

– Et moi aussi, ai-je ajouté.

Fido nous a regardés, indécis, sans savoir s'il devait se fâcher ou le prendre à la rigolade. J'ai déjà dit que, comme tout bon chien policier, il n'est pas très vif de la comprenette. Et plus de droite que Rintintin. D'une patte, il se grattait le museau, pensif.

– Une fille de bonne famille ne devrait pas être ici, à cette heure.

– T'inquiète, a fait Teo. Je veille sur elle.

– Et moi aussi, ai-je dit.

Dido nous regardait, narquoise.

– Vous faites toujours tout ensemble ? a-t-elle demandé.

– Presque tout.

– *Amicitia lucet aequales,* pontifia Agilulfo.

– Ils sont si égaux que ça ? s'enquit Dido, sans nous quitter des yeux.

Elle s'en est rendu compte un moment plus tard, sous notre pont. Le soir tombait et, à la lumière violacée du crépuscule, Teo et moi l'avons montée, sans embarras de notre part ni de la sienne. C'était une chienne du tonnerre, comme on dit. Pas seulement belle : sûre d'elle comme peu d'entre elles le sont. Elle savait où elle voulait en venir. Et il y a eu à ce moment-là un petit rien qui en dit long sur ce qu'elle était et plus encore sur ce que nous sommes, Teo et moi. On lui donnait les premiers coups de langue, tous les deux chauffés à blanc, et Dido se laissait faire avec des grognements de plaisir, se régalant de notre trio. Alors, par-dessus elle, Teo m'a lancé un de ses regards ironiques et assurés, complices, comme pour me dire : « À toi l'honneur, camarade. » Prêt à passer à l'action, j'appuyais deux pattes sur l'échine de Dido quand il m'est venu un soudain scrupule. J'ai toujours été tourmenté par les images de chiots abandonnés dans les poubelles. Et toutes les choses de ce genre, vous voyez ce que je veux dire.

– Tu es féconde ? ai-je demandé à Dido.

– Je suis stérilisée, idiot.

Je crois qu'à ce moment-là j'ai commencé à la perdre, avant même d'avoir pu la posséder. Son ton méprisant, le regard railleur que Teo m'a lancé m'ont rappelé une fois de plus que les chiennes préfèrent les voyous aux gentlemen. Ce qui est devenu évident peu après, son affaire conclue. Pendant que je la couvrais – avec plus d'urgence que d'habileté, parce que, grand escogriffe que je suis, j'ai toujours été maladroit avec les femelles –, Dido se contentait de rester tranquille, pattes de derrière pliées. Soumise, c'est tout. Mais quand Teo a pris la relève avec ses manières de mac de banlieue et sa façon canaille de sourire, langue tirée entre les crocs, elle a tourné le cou et s'est mise à lui donner des coups de dents passionnés tandis qu'elle jappait, éperdue. En couinant comme une chienne.

Je me suis arrêté, indécis, devant la maison de Dido. Finalement, j'ai traversé la rue – la tête tellement ailleurs que j'ai failli me faire renverser par une bagnole – et je me suis approché de la grille. J'ai lancé deux aboiements, un bref, un long : notre vieux signe de reconnaissance. Peu après, elle s'est montrée. On venait sans doute de lui donner un bain, parce qu'elle avait le poil doux et soyeux, lâché sur les oreilles. Elle sentait le shampoing Clean Dog, qui embaumait, et sa truffe luisait de propreté. C'était à donner envie de loger votre museau entre ses pattes arrière et d'en mourir.

– Teo a disparu, ai-je fait sans préambule.

– Je sais, répondit-elle. Il y a une quinzaine de jours que je ne l'ai pas vu. Encore que, avec lui, ce soit monnaie courante... Il se défile quand ça lui chante, et il revient avec le sourire, en te flairant sous la queue comme si de rien n'était.

– Il était avec Boris le Beau. Tu le connais ?

– Oui. Sa maison est au bout de cette rue.

– Eh bien, ils ont disparu ensemble. Il y a des avis de recherche placardés pour Boris. Teo, bien entendu, personne ne s'en soucie.

– Sauf toi, à ce que je vois.

– On était amis.

– Oui. Vous l'étiez.

Elle secoua la tête pour rejeter en arrière les poils de ses oreilles.

– Tiens-moi au courant, je t'en prie. Tu vas toujours à l'Abreuvoir ?

– Bien sûr.

– Si tu apprends quelque chose, viens me le dire.

J'ai hoché la tête, sans répondre. Dido avait glissé son museau entre les barreaux de la grille et m'examinait avec attention.

– Vous ne vous parliez pas beaucoup ces derniers temps, lui et toi, pas vrai ?... C'est lui qui me l'a dit.

J'ai essayé de rester impassible.

– Et que t'a-t-il dit d'autre ?

– Que vous vous étiez éloignés l'un de l'autre. Que tu t'étais éloigné de lui, plus précisément. À cause de moi.

– Pas à cause de toi, ai-je fait, laissant pendre ma langue entre mes crocs. Tu n'as rien à te reprocher. Tu es une chienne libre.

Elle me regardait encore, pensive.

– Teo a quelque chose de spécial, tu sais ?... Ce n'est pas un clébard comme les autres. Quand il me donne un de ses coups de langue, j'en ai les pattes qui tremblent.

– Ça ne me regarde pas.

– Je regrette, Negro. Vraiment. En fin de compte, nous sommes des bêtes. Il y a des choses qui ne sont pas gouvernées par la raison, mais par l'instinct. Teo...

Je me suis écarté de la grille avec brusquerie.

– Au revoir, Dido. À la prochaine.

– Attends, m'a-t-elle dit en me retenant par le collier avec ses crocs. Tu es un brave chien, Negro. Tu mérites une bonne femelle.

– Tu ne sais pas ce que je mérite.

– Teo m'a parlé de ton passé. De tes combats à mort et tout ça... C'est un miracle que tu aies survécu.

– Teo parle trop.

– C'est qu'il t'aime beaucoup, tu sais ?... La seule ombre, dans notre relation, m'a-t-il dit il n'y a pas longtemps, c'est le mal que nous faisons à Negro.

J'ai haussé la queue, pour feindre l'indifférence.

– Peu importe. Si tu m'avais préféré, moi, c'est à lui que nous aurions fait mal.

Elle remua le museau, dubitative.

– Je ne crois pas que tu m'aurais choisie à son détriment. Avant ça, tu aurais préféré renoncer à moi. Je me trompe ?

– Ça, nous ne le saurons jamais, ai-je dit. Et je suis parti.

Le soir même, entre des amoncellements de déchets que personne n'enlevait jamais, j'ai posé quelques questions à Susa, la petite pute du passage du Rat. Tout d'abord, elle n'a pas ajouté grand-chose à ce que je savais déjà. Elle avait été la dernière à voir Teo et Boris le Beau avant qu'ils ne disparaissent l'un et l'autre.

– Ils marchaient tranquillement, flanc contre flanc. Détendus, à l'aise. J'ai un peu aboyé dans leur direction, au cas où ils auraient eu envie de se payer du bon temps, mais pas moyen... Teo s'est fendu d'un demi-sourire, distrait. Boris ne m'a même pas regardée. Il allait queue bien troussée, en se donnant des airs, comme il le fait toujours. Je me suis dit : « Si tu pouvais te faire renverser par un camion poubelle, bellâtre de merde... »

– Tu ne te rappelles rien d'autre qui pourrait m'être utile ?

Susa est restée pensive un moment tout en furetant dans un sac d'ordures éventré. Non loin de là, tapis entre deux poches de plastique, quelques rats dardaient sur nous leurs petits yeux rouges et malins.

– Rien pour l'instant, a-t-elle fait, puis, après s'être à peine creusé la tête, elle a levé vers moi ses yeux de métisse, dubitative. – Mais, le lendemain, j'ai entendu ce qu'a dit l'un des corniauds de Tequila.

J'ai levé légèrement les oreilles – déchiquetées, mais pas trop, par d'anciens combats. Tequila est une xoloitzcuintle mexicaine immigrée qui a su faire son trou. Une garce d'envergure. Dangereuse et sans scrupules. Sa bande de clébards des rues a la haute main sur le trafic d'os et de rebus de boucherie négociables, sur l'autre rive du fleuve, près du nouveau pont.

– Et qu'est-ce qu'il a dit ? ai-je demandé.

– Le corniaud en question est un des gros bras de Tequila : bas sur pattes et carré, mâtiné de boxer, avec une tache claire autour d'un œil. Il s'est approché pour me renifler, mais il s'est montré grossier et je lui ai demandé si, par hasard, il se prendrait pour Boris le Beau. Sur ce, le corniaud a ri dans sa barbe et, ensuite, a fini par dire : « Eh bien, après le *sparring*, même la chienne qui l'a mis au monde ne le reconnaîtra pas, ton Boris. »

Ma truffe a séché, quand j'ai entendu ça.

– C'est bien ce qu'il a dit ?

– Exactement.

– Il a employé ce mot ?... *Sparring* ?

– Mais puisque je te le dis, merde.

– Et sur Teo ?

– De lui, il n'a pas parlé.

Je suis resté plongé dans mes pensées, des pensées sinistres. Le jour semblait s'être obscurci au-dessus de la ville. J'écartais de la patte, entre les déchets de la poubelle, un morceau de lard frit et bien sec très appétissant. Susa le regarda avec convoitise, mais sans oser me le disputer.

– Merci, petite, lui ai-je dit.

Je lui tendis le lard. Elle me jeta d'abord un regard surpris, puis elle le renifla avec délice.

– Toi, oui, tu es un galant chien. Tu n'as pas envie d'une petite gâterie, avant de t'en aller ?

Tout naturellement, elle me présentait sa croupe. J'ai hoché la tête en signe de refus.

– Une autre fois, peut-être.

– D'accord. Quand tu en auras envie, tu sais où me trouver.

– Oui, je le sais. Sois prudente, Susa.

– Et toi aussi, Champion.

J'ai bien aimé qu'elle m'appelle Champion. Ce n'était pas grand-chose, mais presque plus personne ne le faisait, à présent. Il y avait trop longtemps que je n'étais plus que le Negro.

Je ressassais encore mes idées noires quand, avant d'arriver au nouveau pont, j'ai fait une mauvaise rencontre.

Helmut, un doberman au poil brun, était couché sur le trottoir avec deux de ses potes, devant la librairie de son maître. Cette librairie s'appelle Über Alles, et elle est spécialisée, il me semble, sur la Seconde Guerre mondiale, ou une de celles-là, avec des biographies d'un certain Hitler – qui semble avoir foutu un sacré bordel il y a longtemps – et d'autres personnages comme ça. Ses clients sont des gens plutôt givrés, avec des bottes de soldat, des bombers et la boule à zéro ; de temps en temps, la police vient faire un tour et les coups pleuvent. Helmut est le chien du patron, et les deux autres qui lui tenaient compagnie ce jour-là et appartiennent à des clients ou à des amis de son maître étaient l'un un doberman, l'autre un berger malinois. Comme ce sont des chiens toujours prêts à chercher noise, ils étaient tous les trois attachés avec des laisses à un réverbère. N'importe qui, pour les éviter, aurait changé de trottoir, et même de quartier. Mais il y a des choses que certains d'entre nous ne peuvent faire. Chacun a sa réputation, aussi mauvaise qu'elle en vienne à l'être. En ce qui concerne la mienne, il n'est pas question de changer de trottoir pour un chien néonazi. Et même pas pour trois. Moi, la seule chose qui me fait déguerpir, ce sont les employés de la fourrière municipale. Avec ces humains dégueulasses et leurs fourgonnettes vertes, oui, je regarde toujours où je mets les pattes, pas moyen de faire autrement. Mais, ce jour-là, il n'y en avait pas un à l'horizon.

– Ça alors, Negro, quelle surprise. Toi dans ce coin.

Helmut avait levé la tête en me voyant venir. Je me suis arrêté dans le rayon d'action que lui autorisait sa laisse. Juste à la limite, mais à l'intérieur. Il ne fallait pas qu'ils croient m'intimider.

– Comment ça va pour toi, Helmut ?

– Eh bien, tu vois. Je regarde passer la vie.

– Aucun chien juif à te mettre sous le croc ?

Les yeux cruels et jaunes de Helmut m'observaient, tandis qu'il ruminait lentement mes paroles. Les miens étaient posés sur le svastika qui pendait à son collier, à côté des plaques de vaccination. Ce n'est pas un chien très intelligent. J'avais aboyé plutôt bas, tranquillement, en soutenant son regard, mais en me débrouillant, en même temps, pour montrer les crocs. Au bout d'un moment, Helmut s'est tourné vers le berger malinois.

– T'as entendu ça, Degrelle ?... Aujourd'hui, Negro est blagueur.

– Mais ça n'a rien de drôle, putain, grogna l'autre.

Le troisième chien, un autre doberman, comme je l'ai dit, tirait sur sa laisse, insolent. C'était un spécimen maigre, nerveux, avec un long museau dangereux.

– Il cherche peut-être à recevoir une leçon, a-t-il dit.

Je me suis tourné lentement pour lui faire face et lui montrer toute la panoplie du chien disposé à ne pas se laisser effleurer le museau : oreilles en pointe, babine rétractée, crocs en évidence, regard fixe, corps tendu et queue raide.

– À moins que ce soit toi qui le cherches, ai-je grogné.

Le doberman a reçu le message, parce qu'il s'est tu et a cessé de tirer sur sa laisse. Helmut le regardait du coin de l'œil, moqueur.

– Ne commence jamais ce que tu n'es pas sûr de pouvoir finir, Heinrich, a-t-il dit. Et moins encore avec Negro.

– L'occasion se présentera, remarqua Degrelle. Et sans laisse au cou.

– Oui.

Le regard jaune de Helmut m'examinait avec curiosité.

– Ce n'est pas ton quartier, ici... Je peux t'être utile en quelque chose ?

Je l'ai regardé, défiant. Cette bête brune était plus dangereuse aimable qu'agressive. Mais je n'avais rien à y perdre non plus.

– Je cherche Tequila et sa bande.

– Cette trafiquante latino de merde ?

– Oui, elle.

Helmut échangea un regard de mépris avec ses acolytes.

– C'est une affaire qui fâche. Ces immigrants débarquent et s'installent ici comme s'ils étaient chez eux. Des délinquants, voilà ce qu'ils sont. De la racaille. Et personne ne fait rien... L'Europe court à sa perte, et personne ne fait rien.

– Nous, oui, on fait quelque chose, aboya Degrelle, indigné.

Helmut approuvait, avec vigueur, et le svastika se balançait à son cou.

– Aux moments critiques de l'Histoire, dit-il, il y a toujours un peloton de chiens disciplinés pour sauver la civilisation occidentale.

Degrelle applaudissait des deux oreilles.

– Amen.

– Comme l'ont fait nos arrière-arrière-grands-parents à Auschwitz, précisa Heinrich, suggestif.

– Ou à Dachau.

– Il n'y a pas chien qui les vaille.

– Ni chienne.

– Honneur et gloire, dit Helmut.

Tous les trois se mirent au garde-à-vous, martiaux, et levèrent une patte. Je me dis que ça suffisait, et je me remis à descendre la rue.

3. Même les canidées peuvent l'être

Il n'était pas facile d'entrer dans le quartier général de Tequila. Il fallait d'abord passer par une ruelle gardée par deux mâtins des Pyrénées aussi gros que des hippopotames, l'un blanc et l'autre noir, dont la vue seule inspirait la crainte, pour pouvoir arriver au garage abandonné où la Mexicaine avait installé sa base principale.

– Dites à Tequila que je veux la voir.

– Et quelle crotte es-tu, toi ?

– Dis-le-lui.

Un des mâtins me poussa du museau contre un mur couvert de graffiti, tandis que l'autre allait demander des instructions. Et, au bout d'un moment, ils me laissèrent passer. Tequila était dans le garage, couchée sur des pneus. Elle était laide à faire peur. Une xoloitzcuintle de pure race, un de ces chiens que l'on protège dans leur pays, comme quelque chose de spécial, alors qu'ils ont une peau nue et grise, excepté une touffe de poils entre les oreilles. Ils descendent pourtant directement de ceux qu'avaient les Aztèques, ou l'une de ces anciennes tribus de là-bas, ce pourquoi ils sont très appréciés. On disait que Tequila était arrivée en Espagne clandestinement dans un porte-conteneurs, après s'être échappée d'un zoo de la capitale et avoir filé à pattes jusqu'à Veracruz, avec un de ses semblables. Impitoyable et futée comme elle l'était, elle s'était rendue maîtresse de cette partie de la ville en moins d'un an. La cheffe des chefs. Son véritable nom était Lupe, mais on la surnommait la Reine Tequila ; et les Chuchos del Norte avaient même composé pour elle une ballade-chienne qui disait :

Même les canidées peuvent être
très dangereuses quand elles aboient.
Quand elles se fâchent elles sont féroces
avec leurs petits museaux délicats...

Alors que son petit museau n'avait pas grand-chose de délicat. Elle me regardait sans grand intérêt. Près d'elle il y avait d'un côté un garde du corps – un boxer abâtardi avec des taches claires, en lequel je crus reconnaître celui que Susa m'avait décrit –, et de l'autre un vieux lévrier espagnol, très maigre, à la gueule très pointue et aux yeux intelligents, qui semblait être un secrétaire, un conseiller, ou autre chose de ce genre. Dans le fond du garage, il y avait encore une demi-douzaine de corniauds, de races et de pelages différents. Tous avaient une dégaine de chiens abandonnés recyclés à la dure, de ceux qui ont des comptes à régler, et ils semblaient être là en attendant l'ordre de sortir se livrer à un quelconque trafic, toucher un arrosage dans le quartier, ou tailler quelqu'un en pièces. Ce n'était pas à proprement parler un groupe sympathique, et tous me regardaient de travers.

– Que veux-tu, trou du cul ? me demanda brusquement Tequila.

– Je cherche des amis.

– Tu m'en diras tant, mec... Et pourquoi ici, on peut savoir ?

J'observais du coin de l'œil le boxer : larges pattes arquées, épaules massives, regard opaque. Tout d'une pièce, aussi émotif qu'un morceau de viande crue. Pas exactement un intellectuel. Si les choses se gâtaient, la première attaque viendrait de là. Toutefois, le lévrier m'étudiait d'un regard mélancolique et appréciateur.

– Quelqu'un de ta bande a parlé à une de mes connaissances, répondis-je.

Tequila m'étudiait avec défiance.

– Qui a parlé, à qui et de qui ?

– Qui et à qui, c'est sans importance, ai-je dit posément. Mais de qui, oui. L'un d'eux s'appelle Teo, et c'est mon ami. Un rhodésien roux... Peut-être as-tu entendu aboyer quelque chose à son sujet.

– Il se peut que j'aie entendu quelque chose. Mais je ne sais toujours pas ce que ça a à voir avec ta putain de visite.

– Je le cherche. Il a disparu avec un autre, Boris le Beau.

Tequila a échangé un coup d'œil avec le lévrier, qui s'était tourné vers elle. Puis elle s'est gratté le cou avec une de ses pattes de derrière. Vigoureusement. Ce garage, me suis-je dit avec résignation, devait être infesté de puces.

– Et dis-moi ce qu'a dit ce quelqu'un de ma bande.

– *Sparring*... Il a parlé de *sparring*.

J'avais essayé de ne pas jeter les yeux sur le boxer, mais j'ai remarqué son sursaut. Tequila l'a aperçu, elle aussi, parce qu'elle lui a lancé un regard bourru.

– Ce qui signifie..., ai-je ajouté.

– Ce que ça signifie, je le sais, a-t-elle fait, me coupant la parole.

Maintenant, elle adressait au lévrier un coup d'œil interrogatif, et celui-ci a incliné légèrement le museau, en signe d'approbation.

– Ici, l'information n'est pas gratuite, a dit Tequila.

– Si elle est bonne, je peux payer.

– Elle est béton, p'tit con. Si bonne qu'avec ça tu vas pouvoir décrocher la timbale.

– Alors, je paie. Sans discuter.

Elle m'a lancé une œillade narquoise.

– Avec quoi ?

– Ma foi, je ne sais pas, lui ai-je répondu et j'ai réfléchi un peu. Ce que je possède, de fait, tout ce que j'ai, c'est le collier que je porte.

J'ai bien vu dans ses yeux qu'elle n'était pas contente. Dépréciative.

– Les colliers rendent les chiens esclaves, a-t-elle dit.

– Possible, ai-je reconnu. Mais avec quelques petites plaques pendues, ils évitent de finir à la Porte sans Retour.

Elle m'a scruté de bas en haut, m'évaluant.

– Tu ne m'as pas l'air de faire partie de ce lot, mon pote, a-t-elle conclu après l'examen.

J'ai haussé la queue, indifférent.

– Chacun se débrouille comme il peut.

– Je suppose.

Nous nous sommes observés encore un peu.

– Suggère quelque chose, toi, ai-je fini par proposer.

Elle s'est mise à réfléchir. Au bout d'un moment, elle a lorgné son lévrier conseiller et a montré les crocs – petits, jaunes, cariés – avec une expression amusée. Je me suis demandé ce qui avait pu lui venir à l'esprit.

– Comment tu t'appelles ?

– Il s'appelle Negro, a dit le lévrier en me devançant.

Je l'ai examiné avec curiosité, surpris qu'il me connaisse.

– Celui des combats ? s'est enquise Tequila. Celui qui a jeté l'éponge ou qu'on a jeté ?

– Lui-même.

– C'est pas vrai.

Ils sont restés là à me contempler. Le boxer yeux écarquillés, le lévrier pensif et la cheffe amusée.

– Tu connais le supermarché près du pont, Negro ? m'a enfin demandé Tequila.

– Je connais.

– La boucherie est juste au fond. Avec un tas de filets délicieux... Tu m'en apportes un bien gros, et on parlera de *sparrings* et de tout ce qui te chante. On te racontera tout ce que tu veux savoir sur ton pote et sur l'autre.

J'ai considéré la chose pendant cinq secondes. Même s'il n'y avait pas beaucoup matière à réfléchir.

– D'accord, ai-je fait.

– Un filet, n'oublie pas.

– Entendu. Le plus gros.

La très chienne aboya un éclat de rire satisfait. Du museau, elle me désigna au boxer et au conseiller.

– Visez-moi un peu ce Negro, les mecs. Un vrai macho, non ? Il n'y va pas par quatre chemins.

L'épreuve du supermarché n'était pas de la tarte. Je me suis arrêté à la porte, pour jeter un coup d'œil et voir où je mettais les pattes. Sa laisse attachée à une bicyclette appuyée contre le mur, un petit chien qui attendait son maître m'a regardé avec curiosité.

– Moi, si j'étais à ta place, je ne resterais pas là, a-t-il dit, désapprobateur. La fourgonnette verte vient souvent faire un tour par ici, et les types de la fourrière n'aiment pas les chiens errants.

Je l'ai regardé. C'était un yorkshire élégant et propre, aux boucles soyeuses, très bon chic bon genre. Bien élevé et tout ce qui s'ensuit. De ceux que les dames portent souvent dans leurs bras et qui dorment sur les coussins des canapés. On lui avait même noué les poils avec un ruban pour les écarter de devant ses yeux.

– Et comment c'est, à l'intérieur ? ai-je demandé.

– Pas mal. Les aliments pour chiens sont bons, répondit-il en haussant un sourcil, dédaigneux. Royal

Fox, je ne sais pas si tu connais. Première classe, bien entendu. C'est ce qu'on m'achète... Il y a aussi d'excellentes friandises à ronger.

– Et la nourriture pour humains, elle est comment ?... La viande est bonne ?

– De première. Angus, Kobé et tout ça. Mes maîtres en raffolent. Parfois, ils me jettent un morceau à tomber à la renverse.

Je hochais la tête, distrait, en regardant l'intérieur du local pendant que je pesais mes chances et prévoyais mes mouvements. J'ai passé la langue sur mon museau.

– Veille au grain, mon pote. J'en ai pour une minute.

– Pardon ?

Sans rien ajouter, j'ai respiré profondément, serré fort les mâchoires et je suis entré dans le supermarché à toute allure. Les clients s'écartaient comme s'ils avaient vu le diable, et j'ai lancé un aboiement sec pour les intimider un peu plus. La caisse était sur la droite, et à gauche il y avait un long couloir flanqué de rayons avec des boîtes, des paquets et des produits divers. La boucherie était effectivement dans le fond, près de la charcuterie et de la poissonnerie. J'ai entendu des cris humains aux alentours, mais il n'était pas question de s'arrêter pour voir de quoi il retournait. Je suis arrivé à fond de train, en dérapant un peu à cause de la sciure, par terre, j'ai sauté sur le comptoir et, un instant, j'ai hésité entre les morceaux de chair rouge et un beau chapelet de gros boudins noirs pendus à un crochet. Mais j'ai toujours été un chien discipliné. Sérieux. Tequila voulait du filet, et celui que j'avais devant moi pesait au moins trois kilos, et avait superbe allure. Sans prêter attention au boucher, qui s'était rejeté en arrière, abasourdi de me voir apparaître, j'ai saisi le morceau de viande entre mes crocs et j'ai pris la poudre d'escampette.

– Merde alors, a fait le yorkshire bien élevé en me voyant passer en trombe.

– Il est au petit poil, a dit Tequila en mettant les bouchées doubles.

Nous la regardions tous manger : le lévrier conseiller, le boxer garde du corps, la demi-douzaine de corniauds qui s'étaient approchés, curieux, pour jeter un coup d'œil. De temps en temps, ils se tournaient vers moi pour m'examiner, d'un tout autre air que la première fois. Pendant mon absence, l'aboiement avait couru – le boxer était une grande gueule irrécupérable – que j'étais le Negro, le fameux lutteur d'il y avait environ un an. Voilà pourquoi ils m'étudiaient avec un certain respect, sans trop soutenir mon regard, surtout attentifs à mes cicatrices. Ils savaient que presque aucun chien ne revient des combats pour pouvoir en parler, et ils se demandaient sans doute comme j'avais pu m'en tirer.

Tequila avait fini. La Mexicaine avait bâfré deux kilos de viande d'une seule traite, goulûment. Maintenant, dédaigneuse, elle poussait de la patte en direction du boxer et des corniauds le reste du filet, sur lequel ils se jetèrent. Seul le lévrier, qui ne cessait de m'observer, garda sa dignité. Sa cheffe posa sur lui son regard méchant et montra les crocs, en un sourire.

– Tels que tu nous vois, nous tenons nos promesses, a-t-elle fait en me montrant du museau. Allez, Rufus. Il l'a gagné. Raconte à ce trou de balle ce que nous savons sur ses copains.

Rufus m'a entraîné à l'écart. J'ai déjà dit que le conseiller de Tequila était un lévrier espagnol. Très maigre, il avait le poil gris et une queue fine arquée vers le haut, la tête tout en longueur et tout en os, et des yeux intelligents et mélancoliques. Alors, je me suis rendu compte qu'il avait aussi une cicatrice profonde au cou, ancienne, qui en faisait le tour comme un collier. Je n'ai pas fait le moindre commentaire, mais il a remarqué mon coup d'œil et tiré la langue en un léger sourire triste.

– Dans une autre vie, j'ai été chasseur, a-t-il fait.

J'ai hoché la tête. Je ne connaissais que trop l'histoire. Celle des lévriers et des épagneuls qui perdaient leurs facultés et auxquels leurs maîtres payaient les services de toute une vie en les pendant aux arbres.

– Tu as eu de la chance, alors, de pouvoir le raconter, ai-je dit.

– Ils m'ont pendu à un fil de fer. Pendant que je me débattais souffle coupé, la branche a cassé. J'ai erré deux jours à travers champs, en la traînant... Un berger m'a libéré de ce fil de fer.

Il l'avait raconté sans émotion, indifférent. Je l'ai regardé avec un vague intérêt.

– Pourquoi n'es-tu pas resté avec ce berger ?

– Il avait déjà deux chiens, très jaloux. Ils ne m'ont pas bien reçu, aussi, après avoir mangé et bu, je me suis sauvé de là... ces salauds m'auraient liquidé à la première occasion.

– La vie à la campagne est dure. Tu ne devrais pas leur en vouloir.

– Je ne leur en veux pas.

Flanc contre flanc, nous nous sommes approchés ensemble de la berge du fleuve, d'où l'on pouvait voir le nouveau pont et l'autre côté de la ville. Il y avait là d'anciens quais en béton et en bois pourri, où nous nous sommes couchés tous les deux, tête entre les pattes, pour regarder le paysage.

– Il y a combien de temps que tu es avec Tequila ? lui ai-je demandé.

– Une éternité. Onze mois.

– Et la campagne ne te manque pas ? Courser un lapin à travers champs ?

Il a souri, mélancolique.

– Ce qui me manque, c'est ma jeunesse. Être un chiot ou un jeune chien qui croit que le monde lui appartient.

– Et que les humains sont des dieux, bons et loyaux.

– Ça aussi... Ou ça surtout.

– Même si quelques-uns le sont.

– Tu l'as dit. Quelques-uns.

Ils restèrent un moment sans rien dire, à regarder les hauts immeubles de l'autre rive et la circulation des voitures sur le pont. Il y avait un chat mort dans la vase, sous les pilotis de l'estacade. Rufus suivit la direction de mon regard et se gratta une oreille.

– On l'a liquidé il y a deux jours, dit-il froidement.

– Je ne poserai pas de questions.

– Tu peux en poser, si tu veux. Il n'y a rien à cacher. C'était un chat hargneux, voleur et fouineur. Il se prenait pour une vedette de la télé. Pour Grosminet.

– Je comprends.

– Comme dit Tequila, il a crevé.

– Oui.

De l'ongle d'une patte, Rufus a curé ses crocs.

– Tequila est une bonne cheffe... Cruelle, comme on peut s'y attendre d'une Mexicaine. Mais juste.

– Elle suit tes conseils ?

– Souvent.

Maintenant, il m'observait avec intérêt. Les cicatrices de mon corps, de mon museau.

– J'ai entendu japper sur ton compte, Negro. Tu as eu ton heure de gloire.

Je restai muet. Les yeux encore posés sur le chat mort.

– Excepté toi, ajouta Rufus, je ne connais personne qui soit sorti vivant des combats de chiens et qui se promène tranquillement avec un collier, comme si de rien n'était.

– C'est une longue histoire.

– Je veux bien le croire. Combien en as-tu tués ou estropiés ?... Quinze, trente, cinquante ?

– Je ne sais pas. J'ai oublié.

Rufus laissa son regard errer à la surface des eaux sales du fleuve.

– Ton ami et l'autre, le barzoï qui l'accompagnait, ont été capturés par des humains. Des gens qui organisent des combats comme les tiens... Ils cherchent dans le coin des chiens à enlever. Ils se servent de certains, les plus faibles, pour entraîner les autres. Et les forts deviennent des lutteurs.

– Ça, je le sais, rétorqua Negro, sèchement. Dis-moi plutôt qui les a séquestrés.

Le lévrier fit claquer sa langue, sarcastique.

– Ceux qui vendent de la drogue et élèvent des chiens de combat... Des types dangereux.

– Tu es bien sûr de ce que tu dis ?

– Absolument. C'est une chienne policière de la brigade des stups qui nous l'a confié, on lui graisse la patte et elle nous apprend certaines choses, de temps en temps.

J'ai levé la tête, amusé.

– Et cette taupe, ce ne serait pas Snifa, des fois ?... La golden retriever qui renifle les bagages à l'aéroport ?

Il a cligné des yeux, en me regardant très fixement, avec grand sérieux.

– Pas de noms.

Après ça, il s'est tu, songeur. Puis il a de nouveau posé la tête entre ses pattes.

– On raconte...

– Qui ? Snifa ?

– Peu importe. Je te dis qu'on raconte qu'ils ont tous les deux servi pour l'entraînement. Comme *sparring partners*, tu sais.

J'ai fermé les yeux. Brusquement, j'y étais de nouveau, en mémoire, en imagination ou qui diable sait ce qui nous en tient lieu à nous, les chiens. Les *sparrings* : vieux combattants moulus, en attente de la morsure finale ; corniauds terrifiés qu'on te présentait pour t'exciter, en te retenant pendant que ton maître te provoquait jusqu'à te faire perdre la raison. Vas-y, Negro, bon chien, bats-toi, Negro, tue-le, c'est ça, Negro, tue-le, tue-le, tue-le. Tue-le. Et toi, quand on finissait par te lâcher, tu te jetais sur le malheureux qui montrait vainement les dents, gesticulait, terrifié, luttant pour sauver sa peau, et parfois n'allait même pas si loin, se bornait à courir, épouvanté, dans l'espace réduit de l'arène, ou se couchait pattes en l'air pour essayer de te calmer, offrant son ventre découvert et son cou sans défense, doigts levés devant ses yeux pour ne pas voir, avant que tu t'approches de lui et que tu lui assènes des coups de dents éperdus et sauvages ou, quand tu ne te dominais plus, la morsure mortelle, assassine : tes crocs plantés dans son cou, tes babines tachées de sang rouge et chaud, tout en donnant des secousses jusqu'à déchirer la peau, la chair et les veines, et que résonnaient les jappements désespérés de la victime. Bon chien, Negro, c'est bien. Bon chien. Tu as gagné quelques tapes et un os. Bon chien.

– Si deux semaines ont passé depuis, il y a peu de chances qu'ils soient encore vivants, estima Rufus. Ils sont robustes ?

J'ai tardé à répondre. Je secouais la tête pour chasser les souvenirs, sans y arriver tout à fait.

– Le barzoï n'a aucun mordant, ai-je fini par souffler. On l'appelle le Beau, c'est tout dire.

– Je vois. Bon pour deux assauts comme *sparring* et pas plus.

– L'autre, c'est peut-être possible. Il s'agit d'un limier de Rhodésie, comme je te l'ai dit. Un costaud.

– Ah, c'est autre chose. Il se peut qu'il encaisse bien. Ou qu'on en fasse un lutteur.

– Tu sais où ils sont ?

– Il y a quelques baraques à la Cañada Negra. C'est là qu'on les garde dans des cages et qu'on les entraîne. Tu ne peux pas te tromper, les aboiements s'entendent de loin. Les champions, on les conduit à l'Abattoir.

Ce mot sinistre me ramena de nouveau au passé. À l'Abattoir : un hangar industriel abandonné dans les environs de la ville, où se tenaient les combats de chiens. Interdits par les lois des humains, mais sur lesquels la police – elle savait pourquoi – fermait les yeux. Fumée de cigarettes, sueur, éclats de voix cruels, billets graisseux qui changeaient de main.

Là, tu n'étais plus confronté à des adversaires plus ou moins sans défense, mais à des chiens entraînés comme toi. Des professionnels aux crocs aiguisés, aux muscles durs et à l'aveugle instinct de tuer, auxquels tu faisais front en évacuant de ton esprit tout ce qui n'était pas la lutte pour survivre. Pour esquiver une fois de plus, sans savoir combien de fois encore tu le pourrais, l'Obscure Rive.

– Tu ne vas pas aller les chercher, n'est-ce pas ? me demanda Rufus en me regardant avec une drôle d'intensité. Si l'on te coince, tu risques de finir comme eux.

J'ai montré la langue entre mes crocs et poussé un soupir, avec un sourire amer, à la chien.

– J'ai été comme eux, ai-je dit.

4. Vivre est dangereux

Ce soir-là, je suis retourné à l'Abreuvoir. Pour ce qui est de penser, je suis un peu lent, comme je l'ai dit, et j'avais besoin de temps pour ruminer les choses qui se mettaient en place dans ma tête. Les habitués me connaissaient très bien, et en me voyant oreilles et queue basses, lippe entrouverte sur les dents, en train de donner des coups de langue songeurs dans la rigole d'eau anisée, ils se sont évertués à me ficher la paix. Tous savaient déjà ce qu'il en était de Teo et Boris, et aussi que je les cherchais. Dans le monde canin, les nouvelles volent, parce que nous n'avons besoin ni de téléphone, ni de WhatsApp, ni d'aucun autre des stupides engins des humains. L'un de nous se met à aboyer à l'autre bout de la ville, les autres l'entendent et reprennent les aboiements, et aussitôt nous savons ce qu'il en est. La beagle du maire a fugué avec un husky de Sibérie, la cocker spaniel d'Untel a eu quatre chiots, Negro cherche Teo et Boris le Beau. Ils savent. C'est comme ça. Entre nous, c'est Radio-Chien. Celui qui a trouvé ce nom ne s'est pas donné grand mal pour presser son imagination.

Margot jetait sur moi de temps en temps un coup d'œil inquiet.

– Tout va bien, Negro ? s'est-elle contentée de dire.

– Tout.

– Ah. Super.

Le seul qui est venu vers moi pour me tarabuster, comme d'habitude, a été Agilulfo. Il ne pouvait s'en empêcher, c'était plus fort que lui. Il s'est mis à mon côté pour laper dans la rigole tout en me regardant du coin de l'œil, puis il a fait deux commentaires idiots sur le temps et la température, a cité je ne sais quel philosophe grec et a fini par me donner un coup de coude de la patte.

– Quoi de neuf ? a-t-il demandé.

Je n'ai pas répondu. L'anisée de la rigole me semblait amère. Je me suis rincé la truffe en deux lapées.

– *Afflictis lentae*, a-t-il dit, solennel. Dans la tristesse, le temps passe lentement.

– Va chier.

Margot, qui écoutait de l'autre côté de la rigole, a remué la tête, désapprobatrice.

– Laisse-le tranquille, *che*. Il n'est pas dans ses bons jours.

– Les amis sont là pour nous réconforter dans les mauvaises passes, a fait Agilulfo, sentencieux. C'est notre devoir canin.

– Ne débloque pas. Regarde la tête que fait Negro... Il va te mordre d'un moment à l'autre. Tu ne reconnais pas les symptômes ?

Agilulfo me regarda, inquiet. Pour deviner mes intentions.

– Je suis contre toute forme de violence, glissa-t-il, prudent. Vous le savez.

– Alors, ferme-la, lui ai-je jeté. Tu as entendu ce qu'a dit cette chienne.

L'intonation ne plut guère à la bistrote.

– Pour la chienne, tu ne me le diras pas deux fois... Tu m'as comprise, abruti ?

Elle me défiait, furieuse. Indignée. Il y a des filles qui ont la dent plus dure et plus de cran que notre cousin le loup, et cette bouvière des Flandres en avait à revendre.

– Du calme, petite, ai-je fait.

– Pas plus de petite ni de calme que de beurre en broche.

– Que la paix règne, prêcha Agilulfo, qui s'était un peu reculé, prudent. *Pax romana*. Taisons-nous et réfléchissons.

– Ferme-la, toi, couillon. Bon à rien. Casse-pieds.

– Ça va, intervins-je. Laisse tomber.

Il a fallu que j'y aille d'un demi-sourire, une moitié de langue dehors, pour calmer les esprits, alors que je n'en avais pas la moindre fichue envie. En réalité, ces deux-là me connaissaient bien, ou suffisamment bien, pour m'avoir deviné. J'étais dans un état d'âme funèbre, dans un de ces jours où il nous faut une querelle pour expulser les diables qui s'accumulent en nous. Dans ma tête se bousculaient des souvenirs personnels mêlés de scènes imaginaires surgies au cours des dernières heures. Crocs, aboiements, sueur. Folie et sang. Je pensais à Teo et à Boris au milieu de tout ça, et j'aurais bien hurlé de toutes mes forces, à la lune et au soleil. Aux chiens et aux hommes. Et je pensais aussi à Dido. Putain de misère.

– Salut la compagnie, trésors.

Celui qui aboyait ça était Rudi, alias Perlita la Dog Queen, qui venait d'arriver à la rigole en compagnie de Mórtimer, le teckel. Rudi, ou Perlita, comme il préférait qu'on l'appelle, était un caniche gris perle au poil frisé, toujours bien coiffé, pelage rasé sur les pattes et crêpé sur la queue et la tête. C'est-à-dire ravissant à n'en plus pouvoir. Tante de concours. Son côté canaille le poussait à s'enfuir souvent de chez lui – il vivait avec deux humaines, des sœurs demoiselles et âgées – et à venir s'échouer à l'Abreuvoir, en quête d'émotions fortes. Il était fou des chiens de rue sans race ni scrupules, auxquels il demandait de le fouetter avec leur queue et de l'appeler chienne.

– Qu'est-ce que tu bois, Perlita ? lui demanda Margot.

– Comme toujours.

– Eh bien, tu en as de la chance, parce que ce comme toujours est tout ce qu'il y a... Et toi, Mórtimer ?

– La même chose. Une lichée d'anisée.

– Ça marche, fit Margot en leur montrant du museau la rigole. Servez-vous.

Mórtimer était un personnage singulier. Petit, tassé et sûr de lui. Et même un peu frimeur. Un teckel au poil dur, brun fauve, au long corps court sur pattes. Issu d'une lignée de chasseurs qui pendant des générations avaient traqué des bestioles à la campagne. Il avait de longs crocs pointus dont en réalité il ne se servait pas, parce qu'il avait été séparé de la portée – ils étaient six frères et sœurs, lui inclus – quand il n'était qu'un chiot, pour être conduit en ville. Les autres étaient restés dans la cambrousse, à chasser, pendant que lui s'embourgeoisait parmi des humains de la classe moyenne. Voilà pourquoi il fuguait, comme Perlita, et venait à l'Abreuvoir afin d'y liquider des nostalgies génétiques. Il lui arrivait de disparaître pendant quelques jours pour aller à la campagne voir la famille et il en revenait fatigué, couvert de boue et heureux, les yeux brillants. « Mon frère Pancho a été tué par un sanglier », racontait-il. Ou : « Ma sœur Chispa n'est jamais ressortie d'un dangereux terrier de renard. » Mais il le disait sans chagrin, avec l'orgueil de sa caste. En enviant ses frères et sœurs qui, restés fidèles à eux-mêmes, vieillissaient, quand ils survivaient, les os moulus et le corps couvert de cicatrices, en se réchauffant devant des feux de bois près de leurs maîtres qui leur caressaient les oreilles, déformées par des morsures de sanglier. Jamais Mórtimer n'aurait de semblables cicatrices.

– Qu'est-ce qu'il t'arrive, Negro ?... C'est vrai que tu cherches Teo et le Beau ?

C'était là l'un des traits de caractère de Mórtimer. Jamais il n'usait de moyens détournés. Il se plantait devant toi sur ses courtes pattes, sa queue troussée et son regard tranquille, et il te servait les vérités de La Palice sans broncher d'un poil. C'était un chien tout d'une pièce. Un zéro en diplomatie canine. Mais je l'aimais bien.

– Ça se pourrait, ai-je répondu.

D'une patte, il a frotté sa truffe mouillée.

– Si je peux t'être utile en quoi que ce soit, dis-le-moi.

C'est alors que je me suis rappelé quelque chose d'intéressant. Mórtimer m'avait un jour raconté que, lors d'une de ses escapades, il était passé près d'un bidonville où il avait découvert des chiens en cage et d'où il s'était enfui de justesse, alors que l'on cherchait à l'attraper. Je lui ai demandé si c'était la Cañada Negra mentionnée par Rufus, le conseiller de Tequila, et Mórtimer l'a confirmé.

– C'est dans la zone, après le terrain de football... Un sale endroit. D'un sinistre à te donner la courante.

J'ai réfléchi encore un peu, lentement. Très lentement.

– Tu as pu t'en faire une idée précise ?

– Évidemment. Je suis arrivé là comme un ingénu, et j'ai failli me faire colleter. Il a fallu que je m'en sorte à force de pattes. Tel que tu me vois, je file comme une flèche, dit-il et son regard devint nostalgique. Mes frères et sœurs...

– Tu as vu les cages ? l'interrompis-je.

Il rabattit aussitôt ses oreilles, sombre.

– Je les ai vues.

Nous avons parlé encore un moment pendant que Margot, Agilulfo et Perlita, qui se tenaient un peu à l'écart, nous regardaient avec curiosité.

– Je peux aller là-bas avec toi et tout te montrer, conclut Mórtimer. Après, je me tire, bien sûr. Et toi, tu te débrouilles.

Je l'ai contemplé, intrigué.

– C'est dangereux, tu le sais.

– Vivre est dangereux, répondit-il, stoïque. Je m'ennuie dans cette ville. Et puis, j'aime bien Teo, et Boris est un chien sympathique.

– Et moi ? demandai-je, avec un demi-sourire. Comment tu me trouves ?

Ses yeux expressifs et obscurs m'ont étudié pendant un moment.

– Pas très bien. Tu n'es pas un chien sociable... De plus, je connais ton passé. Je n'aime pas ce que tu faisais.

– J'ai arrêté.

– Trop de sang derrière ta queue. Et ça, ça ne peut pas s'arrêter facilement.

J'ai pointé la langue entre mes crocs et soufflé, ironique :

– C'est curieux que tu dises ça, toi qui te vantes d'être d'une lignée de chasseurs.

D'une patte, il écarta l'une de ses oreilles. Très serein. Il continuait de me regarder sans ciller, de ses yeux d'honnête chasseur, sans complexe, sûr de lui.

– Forcer les animaux sauvages est le devoir d'un teckel. C'est le métier qui veut ça. Tuer d'autres chiens, ça ne va pas de soi.

J'ai approuvé, équanime. Sur ce point, nous étions d'accord, mes vieux fantômes en témoignaient.

– Pourquoi vas-tu m'aider, alors ?... Pour Teo et Boris ?

– Pas seulement pour eux, dit-il. Il réfléchit un peu, et secoua les oreilles. J'aime ceux qui sont loyaux, et par les temps qui courent, même nous, les chiens, ne le sommes pas.

L'après-midi touchait à sa fin quand Mórtimer et moi nous sommes dirigés ensemble vers la banlieue. Nous avancions en silence, esquivions les automobiles en traversant et restions aux aguets, au cas où apparaîtrait la dangereuse fourgonnette verte. Près du parc, nous avons croisé un couple de nos connaissances, Pongo et Chufa, que leur maître avait sortis pour les promener. C'étaient des chiens comme il faut. Elle était une dalmatienne de très bon genre, mère de famille, et lui avait remporté le concours Míster Can deux ans plus tôt. Sympathiques. Un couple agréable, éduqué, en belle situation. La crème de la gent canine. Nous nous sommes approchés pour les saluer, en nous flairant tous un peu sous la queue.

– On ne vous a pas vus ces derniers temps à l'Abreuvoir, dit Mórtimer.

– Elle va me donner des petits, répondit Pongo en s'appuyant affectueusement contre le flanc de la femelle. Il ne faut pas qu'elle sorte trop, ni qu'elle boive.

Chufa avait un peu rougi. Mórtimer se hissa sur ses courtes pattes et lui donna un petit coup de langue sur le museau, pour la congratuler.

– Félicitations. Tu es superbe, comme ça... Pour quand attends-tu les chiots ?

– Avant l'été.

– Très bien. C'est votre seconde portée, non ?

– La troisième.

– Ça alors. Vous allez finir par être cent un dalmatiens. Ou plus.

– Nom d'un chien ! s'exclama Pongo en riant, de bonne humeur. J'espère que non.

Nous leur avons dit au revoir et nous avons repris notre chemin. Trois pâtés de maisons après, alors que les premières ombres devenaient plus épaisses dans les rues étroites, nous avons aperçu de loin Helmut le doberman et ses deux compères néonazis. Et ce que nous avons vu ne nous a pas plu.

Ils avaient acculé contre un mur un cabot maigre et pouilleux. Que nous connaissions de vue. Il s'appelait, ou on l'appelait le Moro, il me semble. Venu du Maroc ou d'un de ces endroits-là caché dans un camion, il mangeait de la vache enragée entre des poubelles, et je suppose qu'il ne lui restait pas longtemps avant que les employés de la fourrière lui passent le lacet autour du cou et l'emmènent jusqu'à la Porte sans Retour, l'injection létale et l'Obscure Rive. C'était fréquent. Il s'agissait d'un malheureux sans avenir, comme tant d'autres abandonnés ou vagabonds dont on se soucie à peine parce que l'on a d'autres choses en tête.

Quant à Mórtimer, il faut le connaître un peu pour comprendre ce qui s'est passé ensuite. C'est un teckel, comme je l'ai dit. Pattes courtes, corps long, cou musculeux. Il culmine à moins de quarante-cinq centimètres du sol. Mais, même ainsi, c'est un chien tenace et bagarreur, avec un rien de vanterie rurale, né pour chasser et risquer sa vie, encore que dans le cas de Mórtimer ce ne soit qu'une affaire de famille. Mais, comme je crois l'avoir déjà dit, il lui reste les impulsions. L'élan. Et tout cela se conjugua : voir Helmut et ses compères, et sentir son sang ne faire qu'un tour.

– Je hais ces têtes carrées, grogna-t-il.

Je l'ai retenu par la queue avec ma gueule, parce qu'il allait droit sur eux.

– Ils sont dangereux, ai-je lâché entre mes dents.

– Moi aussi je suis dangereux, a-t-il rétorqué en passant la langue sur ses crocs. Je suis venu au monde pour chasser les sangliers. Chasser les néonazis n'est pas mal non plus, comme alternative.

– Tu es un putain de chien allemand, ai-je argué, ce que tes bisaïeux étaient aussi, comme les leurs.

Il agita les oreilles, offensé.

– Mes bisaïeux n'ont jamais marché au pas de l'oie. Nous, les teckels, avons les pattes trop courtes pour ça... Tu saisis la différence, Negro ?

Il continuait de tirer en avant ; et moi, de le tenir par la queue pendant qu'il faisait des bonds pour se libérer.

– Je ne veux pas d'embrouilles, mec. Et moins encore maintenant.

– Libre à toi, fit-il en tirant encore. Moi, avec ceux-là, je n'ai besoin de personne.

– Tu es fou... Ils s'en prennent à un cabot, c'est tout.

Il fit un autre petit bond, jusqu'à une vingtaine de centimètres du sol, pendant que je le retenais.

– L'immigré, je m'en tape. Ce qui me met hors de moi, ce sont les *kameraden*.

– Ils vont te tuer. D'un coup de dent, ils peuvent te briser l'échine.

– Comme tu y vas !

De toute évidence, Mórtimer était un chien sans complexe. Il se considérait comme un *killer* et se montait irrémédiablement le bourrichon. J'ai relâché la prise, résigné, et je l'ai laissé aller vers les autres avec son dandinement ragotin, en prenant la chose d'aussi haut qu'un torero humain face à un taureau de combat de grande taille.

– Hé ! aboya-t-il dans leur direction. Hé !

Helmut et les autres – j'ai déjà dit que la bande se composait de deux dobermans et d'un berger malinois – cessèrent de harceler le Moro et se tournèrent pour regarder le nouveau venu.

– Pourquoi ne vous en prenez-vous pas à quelqu'un de votre gabarit ?

Ils n'en revenaient pas. Je l'ai vu dans leurs yeux, qui voyaient avec étonnement venir vers eux le nabot, déconcertés par cette miniature de bravache qui montrait les crocs tout en s'approchant d'eux de son petit pas court et assuré. J'ai vu les trois compères se regarder – le Moro en profita pour s'éclipser en un éclair – et Helmut, revenu de sa surprise, sourire de sa longue gueule fine et cruelle.

– Comment oses-tu, le nain ?

– Nain, dis-tu ?

– C'est bien ça.

– Eh bien, quand j'en mettais de bons coups à vos mères, pas une ne s'est plainte de ma stature, mes enfants.

Ils se regardèrent de nouveau entre eux, éberlués. Ils ne pouvaient croire que cette demi-portion vienne leur chercher querelle de cette manière.

– On va te tuer, aboya Helmut, l'œil mauvais.

– Du premier coup ou à petit feu ?

– Tu es cinglé, mec.

Mórtimer sembla considérer la chose pendant quelques instants.

– Oui, dit-il.

Alors, après être resté un moment ses petites pattes écartées bien affermies sur le sol, la queue tendue et les crocs à l'air, en regardant les trois autres fixement, il fit un bond et mordit les couilles de celui qui était le plus près de lui.

Vient maintenant ce que les écrivains humains appellent une ellipse, et qui m'épargne des descriptions inutiles. L'épanchement, vous pouvez l'imaginer. Un quart d'heure plus tard, Mórtimer et moi longions la rive du fleuve en direction de la banlieue, après nous être arrêtés un moment sur la grève pour laver nos mâchoires tachées de sang. Le foutu teckel indemne et toujours aussi fier. Sans une égratignure.

Et moi qui boitillais un peu à cause des deux belles morsures écopées pendant la bagarre. Parce que je n'avais pas pu m'empêcher de m'en mêler, bien évidemment. Quand j'avais vu ces enfoirés se jeter sur Mórtimer, j'ai fait contre mauvaise fortune bon cœur et, après avoir poussé un soupir de résignation, je me suis lancé dans la mêlée. Tout néonazis qu'ils étaient, je suis, rappelez-vous, un croisement de mâtin espagnol et de fila brasileiro, du sérieux, quoi. Un professionnel. Et c'est ainsi que, professionnellement, j'ai distribué une bonne bordée de morsures et de coups de crocs à Helmut et à son collègue Degrelle, le berger malinois, et les ai fait déguerpir oreilles basses et la queue entre les pattes, pendant que l'autre doberman, les crocs de Mórtimer bien agrippés à ses parties nobles, courait d'un côté à l'autre, désespéré, en hurlant de douleur, sans que le teckel lâche sa proie.

– Ç'a été un baston du feu de dieu, jappa mon compagnon, satisfait.

Je l'ai regardé du coin de l'œil et, dans les avant-dernières lueurs du jour, je l'ai vu arquer ses sourcils fournis et lever la babine, sa moustache blonde au-dessus de sa langue, qui pendait entre ses longs crocs pointus. Il semblait heureux.

– J'adore chasser les néonazis, dit-il.

Et le grand cinglé riait. Je le jure. Il riait.

5. La Cañada Negra

Le crépuscule éclairait de rouge le ciel derrière les baraques. Couchés sur un coteau buissonneux, Mórtimer et moi surveillions la localité.

– Tu les entends, non ? demanda le teckel.

Bien sûr que je les entendais. Les aboiements retentissaient, isolés, parfois en chœur. On pouvait voir les cages dans une échappée entre deux toits de tôle et de fibrociment. La lumière mourante, les baraques et les aboiements donnaient à la Cañada un aspect sinistre, tout à fait accordé à son nom. On ne voyait personne.

– C'est l'heure du dîner ou de la télé, dit Mórtimer. Les derniers humains qui viennent ici acheter leur drogue sont maintenant partis.

– Il y a des chiens de garde ?

– Un, si je me rappelle bien. On le lâche près des cages.

– Gros ?

– Normal. Un sang-mêlé à longues pattes, qui a quelque chose d'un dogue.

J'ai réfléchi pendant un moment, museau contre le sol. Je ne suis pas très intelligent, on le sait : ma vie passée et ses ravages me troublent l'esprit plus qu'il ne le faudrait. Mais les événements de ces derniers temps me forçaient à me concentrer. À penser. Le plan à suivre était établi depuis un moment. Il ne restait que la décision à prendre.

– Tu peux t'en aller, Mórtimer.

Le teckel me regardait avec attention et respect.

– Tu es sûr ?... Tu sais dans quoi tu vas te fourrer ?

– Va-t'en.

– Bonne chance, Negro.

Il me donna un coup de langue sur le museau et disparut entre les ombres. Je me suis levé et j'ai descendu lentement le versant, en direction du bidonville. Attentif et tendu comme l'étaient mes ancêtres, mes cousins les loups, quand ils gagnaient les plaines la faim au ventre. Moi, je n'avais pas faim, mais seulement la certitude de pénétrer dans un monde sinistre, où les règles étaient établies par les humains. Des règles cruelles qui violentaient le cours des choses. Qui péchaient contre les lois de la nature.

Les aboiements augmentaient à mesure que je m'approchais des baraques et des cages. Chez nous, les chiens, l'ordre d'importance des sens est différent de celui des humains. Nous percevons d'abord le monde par l'odorat, puis par l'ouïe et ensuite par la vue, dans cet ordre. Voilà pourquoi nous passons notre vie à tout flairer et à remuer les oreilles. Et il était évident que dans les cages on me sentait déjà. Tout comme le dogue bâtard que Mórtimer m'avait représenté d'un gabarit normal – ce qui, dans sa bouche et compte tenu de son complexe de supériorité, pouvait signifier n'importe quoi – devait lui aussi sentir mes effluves, supposais-je. Ce qui faisait aussi partie du plan.

On ne décelait aucune présence humaine dans les baraques. Seulement une lumière à l'intérieur, et le son d'une radio ou d'un téléviseur. Quant aux cages, j'ai pu constater qu'elles étaient divisées en compartiments. Un par chien, et ce pour éviter qu'ils ne s'entretuent, ai-je encore supposé. D'après les aboiements, j'ai calculé qu'il devait y en avoir là au moins une douzaine. Lutteurs et adversaires d'entraînement confondus. À moins que les lutteurs ne fussent ailleurs. Ça puait la chair putride, les ordures et les excréments non ramassés.

Je me trouvais près des cages et observais les ombres qui s'agitaient à l'intérieur en cherchant à les reconnaître. Jusqu'alors, les aboiements, entre eux plus que dirigés contre moi, ne m'avaient pas appris grand-chose : chien étranger, attention, il approche, voyons si l'un de nous va le reconnaître, aboie-nous qui tu es, dis-nous ce que tu veux, donne ton nom, charogne. Je gardais le silence, en regardant prudemment autour de moi. Comme disait Agilulfo, tu es l'esclave de ce que tu aboies et le maître de ce que tu tais. Ainsi, je me taisais. J'ai levé la patte et lancé deux ou trois courts jets de pisse, pour marquer mon territoire. Vous savez. Negro était là. Ce qui n'a fait qu'accentuer les aboiements, quand ils ont senti l'odeur de mes marques. Crâneur de merde, disaient-ils. Approche, qu'on te fasse la peau. Il y avait aussi des plaintes pitoyables, des gémissements de peur. Lutteurs et *sparrings*, ai-je de nouveau supposé. Chacun m'interprétait à sa manière.

Ce n'était pourtant pas à eux que ces marques étaient destinées, mais à un autre. Que j'ai fini par apercevoir entre les baraques, surgissant des ombres, dans l'éclat de lumière sorti d'une fenêtre. La première chose que j'ai vue de lui a été le blanc des crocs recourbés, les dents prêtes à la lutte, puis le poil hérissé et le reste de la masse noire qui s'approchait.

Quand il s'est trouvé à une dizaine de pas de moi, j'ai finalement entendu le son. Il n'aboyait pas, mais émettait un grondement guttural prolongé et rauque, de menace et de combat imminent. Ce grondement ne contenait pas de questions sur qui j'étais, mais des certitudes le concernant. C'est mon territoire, tu oses le compisser, je vais te tuer, disait-il. Et je sus que j'avais affaire à un autre professionnel.

Au moment où nous nous sommes jetés l'un sur l'autre, les aboiements des cages sont devenus assourdissants. Ils nous provoquaient, excités. Whouaf, whouaf, whouaf. Étripez-vous, fils de pute. Mais étripez-vous pour de bon. Whouaf. Certains des reclus désiraient se joindre au combat, d'autres se contentaient d'en être les spectateurs, mais tous aboyaient, derrière leurs barreaux, à s'égosiller. Pour ma part, j'ai aussitôt cessé de penser à eux, tout entier à l'idée de me battre et d'en sortir vivant. Devoir affronter des chiens des rues, même des décérébrés néonazis, n'est pas la même chose que se battre contre un chien dressé à l'attaque et à la défense. Et celui-ci l'était. Il sentait la testostérone et l'adrénaline, ou ce que sentent les chiens mâles quand ils montrent les dents ; j'ignore ce que c'est et n'en ai rien à faire. Je sais seulement que nous sentons ce que nous devons sentir. Même elles, les chiennes, ont leur odeur particulière quand elles se battent. Ou réclament le mâle.

Mon adversaire était jeune et fort ; d'instinct, il cherchait ma jugulaire. Un premier coup de dents rencontra mon collier d'acier, ce qui le déconcerta un peu. Alors, j'ai aboyé pour la première fois, ce qui l'a encore plus déconcerté, parce que ce n'était pas un aboiement de combat, mais d'alerte. De ceux auxquels nous recourons pour attirer l'attention des humains. Une sorte de ouah, ouah modulé d'une façon particulière. Il a jeté un regard par-dessus mon dos et aux alentours, comme s'il se demandait à qui diable je pouvais bien faire appel. Alors, j'ai pris mon élan, j'ai noué mes pattes aux siennes, lui ai mordu le museau et nous avons ensemble roulé à terre.

En dépit de son apparence, ce bâtard de dogue n'était pas un ennemi puissant. Pour moi, bien entendu. *Manca finezza*, comme l'aurait dit Agilulfo. C'était un bagarreur, dur et même courageux, mais mon passé me donnait des moyens dont il était dépourvu. Je l'aurais expédié assez facilement, en lui labourant le cou en quelques morsures, mais tel n'était pas mon objectif. La difficulté, c'était de le tenir en respect sans aller plus loin, pendant un moment. Ce que j'ai obtenu en l'attrapant par la truffe – ça fait un mal de chien – et par les oreilles, en l'immobilisant deux fois ventre à l'air, et en lui mordant très fort le dos, là où les blessures ne portent pas à conséquence. Finalement, les portes de quelques baraques se sont ouvertes, le faisceau lumineux d'une lampe de poche nous a éclairés, et les humains se sont montrés.

Je ne suis pas un bon acteur. Feindre n'est pas mon fort, et je n'ai pas l'astuce de ces chiens lèche-bottes qui savent tirer leur épingle du jeu avec familiers ou étrangers, un petit jappement par-ci, un petit numéro par-là, une ridicule petite danse avec remuement de queue autour du maître, des regards suppliants et émouvants pour qu'il te donne un biscuit, joue avec toi à la balle ou laisse tomber de la table quelque relief. Ces chichis ne sont pas mon style, comme vous pouvez l'imaginer. Les chiens durs ne dansent pas. Toutefois, cette nuit, ce qui était en jeu était plus qu'un divertissement, une caresse ou un bon morceau. Je risquais ma vie, mais aussi celles de Teo et de Boris le Beau. Ce fut ainsi que, si vous me permettez ce peu de vanité, j'ai été parfait. Un gagnant. Quand les humains ont apparu, je me suis écarté du dogue bâtard qui me regardait, dérouté, en léchant son museau endolori, j'ai écarté les pattes comme un lutteur, hérissé mon poil, montré les crocs et je me suis mis à lancer de violents aboiements de combat.

Viens que je t'achève, disais-je à mon adversaire. Saloperie de bâtard.

Le métis avait sa fierté. Il faut bien le dire. Ce n'était pas la première petite merde de ruisseau venue. Et il se sentait observé par ses maîtres, aussi a-t-il relevé le défi et s'est-il jeté sur moi avec beaucoup d'audace. Et dans la minute de temps humain qui a suivi – une éternité pour nous, les chiens, dont la perception du mouvement est beaucoup plus prompte que la leur, ce qui nous rend plus agiles et rapides parce que dans notre temps bien davantage de choses se passent – un véritable combat s'ensuivit, avec des coups de dents brutaux à la gorge, à la bouche, et du sang mêlé de sueur et de poussière. Par deux fois, j'aurais pu tuer, mais j'ai pourtant évité de le faire. Par deux fois, mes crocs se sont trouvés exactement là où, en serrant les mâchoires, j'aurais déchiré les veines de la gorge de mon adversaire, mais je m'en suis abstenu. Ma gueule était ensanglantée par les morsures, celle du dogue aussi. Nous commencions à nous fatiguer, j'ai eu une troisième fois l'adversaire à ma merci et ne l'ai pas achevé, et quand nous nous sommes écartés l'un de l'autre de quelques pas, l'œil furibond, en reprenant notre souffle, j'ai perçu dans l'éclat de son regard du désarroi et de l'incompréhension.

– À quoi tu joues ? a-t-il aboyé.

Pour toute réponse, je me suis une nouvelle fois jeté sur lui, je l'ai renversé sur le dos et de nouveau saisi à la gorge entre mes crocs. Tout près des miens, ses yeux exorbités m'ont regardé avec un étonnement et une épouvante extrêmes. Il était vaincu, et il le savait. Il m'aurait suffi d'agiter violemment la tête d'un côté à l'autre pour l'expédier sur l'Obscure Rive. Mais je ne l'ai pas fait. Au lieu de quoi j'ai reculé comme pour reprendre haleine et, à ce moment-là, un lacet s'est refermé autour de mon cou et une violente secousse m'a éloigné du dogue bâtard.

J'étais arrivé à mes fins. J'avais gagné une cage de prisonnier à la Cañada Negra.

Épuisé par le combat, j'ai un peu léché mes blessures – pas très nombreuses – et j'ai dormi comme une souche tout le reste de la nuit. Aux premiers rayons de soleil je me suis réveillé. J'ai ouvert les yeux, étiré mes pattes et mon dos pour me dégourdir, puis regardé autour de moi. J'occupais une cage dans un coin, contiguë au grillage de deux autres, d'où deux chiens m'observaient. Il y en avait encore un peu plus loin, avec des clébards que je ne pouvais pas bien voir.

Pendant la nuit, on m'avait apporté une cuvette d'eau et quelques restes de nourriture d'humain dans une gamelle. J'ai expédié avec appétit la nourriture, baigné mon museau endolori dans l'eau, avant de la boire jusqu'à la dernière goutte puis, en prenant mon temps, j'ai étudié les alentours : taudis ; grosses bagnoles, des neuves et des vieilles, cabossées et poussiéreuses ; monticules d'objets hors d'usage : réfrigérateurs, téléviseurs, machines à laver. Quelques gosses d'apparence malpropre jouaient entre eux ; un peu plus loin, un groupe de femmes aux longues jupes, fichus sur la tête, devisaient. De temps à autre, dans l'indifférence des gamins et des femmes, un humain de mauvaise allure, maigre et crasseux, arrivait par le chemin qui mène à la ville, entrait dans une baraque, en ressortait peu après, allait s'asseoir non loin de là et s'injectait avec une seringue quelque chose dans le bras, la cuisse ou la cheville. Tout cela avait un air sordide et sinistre.

Après m'être fait une idée de la composition du paysage et de la situation, j'ai porté mon attention sur mes compagnons de captivité. Tous les deux semblaient être de race. L'un était un labrador chocolat qui en d'autres temps avait dû avoir belle allure mais était à présent très maigre ; il avait la babine tombante, le poil sale et terne, des blessures récentes sur le museau, les oreilles et le dos. Des déchirures de crocs. Celui de l'autre cage était un petit terrier, un bodeguero andalou aux taches brunes, dont les yeux battus me regardaient timidement.

– Tu dois être cinglé, dit le labrador. Venir ici, rien que ça. Et chercher la bagarre.

– Un volontaire pour l'enfer, observa le bodeguero.

J'ai approché du grillage les écorchures de mon museau, sur lesquelles le labrador a donné quelques coups de langue pour me soulager.

– Combien êtes-vous ici ?

– Pour le moment, onze, en te comptant, dit le labrador. Ça dépend. Parfois, des nouveaux arrivent, comme toi, et d'autres sont emmenés et ne reviennent pas.

– Comment vous a-t-on capturés ?

Le labrador fronça le museau, indifférent.

– Moi, mes maîtres m'ont abandonné il y a longtemps sur une route, quand j'ai grandi et cessé de ressembler à un jouet pour enfants... Après, j'ai vagabondé dans le coin pour trouver ma pitance, jusqu'à ce que ces humains me mettent la main dessus.

J'ai regardé le bodeguero.

– Et toi ?

– J'ai été enlevé, répondit le terrier sur un ton lugubre. Au culot. J'étais attaché devant la porte d'une pharmacie pendant que mon maître était à l'intérieur, on s'est emparé de moi et je me suis retrouvé dans une voiture. Au bout d'un moment, on m'a conduit ici.

– Et comment vous traite-t-on ?

– Comme des chiens.

J'ai jeté un coup d'œil en direction des autres cages, pour tâcher de voir leurs occupants. La succession des grillages m'en a empêché.

– Avez-vous entendu aboyer d'un certain Teo ?

Ils se sont regardés, pour se consulter, puis ils ont remué la tête.

– Jamais, a dit le labrador.

– On m'a dit qu'il était ici.

– Ça se peut. Je suis là depuis deux semaines, mais pas toujours dans ces cages. Parfois, ils m'emmènent à la Barranca, pour entraîner les autres. Il a pu passer par ici alors que je n'y étais pas. Ou il se pourrait qu'il soit ici et que nous ne nous soyons jamais rencontrés.

– La Barranca ?

Il montra quelque chose par-delà les masures.

– Là-bas, de l'autre côté. Il y a un hangar où l'on entraîne les chiens qui se battent pour de bon. Et quelques cages où ils vivent, dit-il en jetant un regard significatif sur le bodeguero. Ici, nous ne sommes que de la chair à canon. Et, en général, on ne tient pas longtemps le coup.

– Toi, tu tiens le coup, ai-je fait en montrant du museau ses cicatrices.

Il tira la langue en un sourire triste. Je remarquai qu'indépendamment des estafilades, il avait un croc cassé.

– Je ne sais pas pour combien de temps encore. J'en suis à la troisième séance d'entraînement et je me sens à bout de force. Ils m'ont jaugé, et je ne suis apparemment pas un bon assassin. La prochaine fois, ou la suivante, un des combattants me réglera mon compte… Mais, au demeurant, je puis m'estimer heureux – il jeta un nouveau regard compatissant sur le bodeguero. Il en est qui ne peuvent pas encaisser un seul assaut. Ils sont liquidés dès le premier jour.

Je me suis tourné vers le petit bonhomme. Collé contre le grillage de sa cage, il nous regardait avec des yeux effarés.

– On n'a pas encore évalué ce que tu vaux comme *sparring* ? lui ai-je demandé.

Il n'a pas répondu. Sa langue tremblait et il haletait d'angoisse, en nous écoutant. Je me suis de nouveau adressé au labrador, qui s'est gratté une oreille.

– Il n'a pas encore été conduit à la Barranca, m'a-t-il expliqué. Mais il n'a aucune chance, et il le sait… Pas vrai, collègue ?

– Je le sais, gémit l'autre, frissonnant.

– Je lui ai dit que ce n'était pas plus mal, qu'il faut bien tirer sa révérence d'une façon ou d'une autre.

Qu'il devait y aller sans réfléchir et essayer d'en finir au plus vite.

– C'est que je ne veux pas mourir, bafouilla le petit terrier.

– Aucun de nous ne le veut, petiot. Mais c'est comme ça.

– Les lutteurs, combien sont-ils ? ai-je demandé.

– Deux ou trois, a répondu le labrador. Et ils sont traités comme des princes. On leur donne à manger des pâtées de bonne marque. On les bichonne... Pour les humains, ils représentent beaucoup d'argent.

– Et vous dites que vous n'avez jamais vu Teo, jamais entendu aboyer quelque chose à son propos ?

– Non, jamais.

– Et sur Boris le Beau ?... C'est un lévrier russe.

Le labrador réfléchit.

– Un barzoï maigre aux yeux dorés, ou plutôt paille ?

Je sentis, un instant, mon cœur s'arrêter de battre.

– C'est bien ça.

– Il m'a semblé le voir dans les cages de la Barranca.

– Avec les combattants ?

– Je crois que oui.

J'en fus saisi. Incapable d'imaginer Boris, maigre et élégant comme il l'est, survivre aux combats de chiens. Il n'était pas taillé pour ça.

– Si ça t'intéresse, on pourra recourir cette nuit à Radio-Chien, proposa le labrador. Nos aboiements peuvent s'entendre de la Barranca, et nous pouvons entendre les leurs. Si c'est bien ce Boris, il répondra.

J'ai considéré la chose une seconde. Je n'étais pas sûr qu'il fût prudent de révéler ma présence. Du moins pour le moment. Aussi ai-je hoché la tête en signe de dénégation.

– Nous verrons, ai-je dit.

Le bodeguero s'était retiré dans un coin de sa cage, où il s'était couché. En se désintéressant de nous. Il avait le regard vague, perdu dans le vide. Et il tremblait de la truffe à la queue.

6. Duel à la Barranca

On est venu me chercher au milieu de la matinée. Trois humains apparus avec des lacets en fil de fer au bout de perches ont ouvert ma cage et m'ont attaché par le cou. Sans essayer de me débattre, parce que je n'aurais que davantage souffert, j'ai baissé les oreilles et me suis laissé faire après un bref semblant de résistance pour sauver les apparences. Ils ont également pris le labrador chocolat et le bodeguero. Ce dernier nous lançait des regards angoissés, sans même oser remuer les oreilles, pendant que l'on nous conduisait à travers la localité. De l'autre côté des baraques, il y avait un grand hangar entouré d'autres, de moindre importance.

– La Barranca, m'annonça le labrador. J'y suis déjà venu. Sous les petits appentis, il y a des cages. C'est là que sont les combattants.

J'allais lui demander plus de précisions quand nos ravisseurs ont tiré d'un coup sec sur le fil de fer du lacet et nous ont coupé le souffle. On entendait des aboiements étouffés sous les abris, mais ils donnaient peu d'informations. Sporadiques, ils dénotaient la fureur, la menace. Peu reconnaissables, mais éloquents, ils n'étaient que noirs pronostics sur l'avenir.

– On nous conduit ici pour les entraîner, dit le labrador.

En réponse, le bodeguero poussa un gémissement pitoyable. Je hochai la tête, rembruni. Sachant très bien ce qui se préparait. Les ombres du passé revenaient, sinistres, dans ma mémoire troublée. Je reconnaissais mes propres jappements dans ceux de ces lutteurs qui attendaient leur ration de combat et de mort. J'avais été l'un d'eux, et je le redevenais. Même si, pour le moment, j'étais de l'autre côté.

On nous a mis tous les trois dans la même cage, à l'abri d'un des petits hangars. Le sol était couvert d'excréments. Au premier moment, nous avons été éblouis par la lumière de l'extérieur, mais peu après notre vue s'est adaptée à la pénombre. J'ai vu le regard las et sans espoir du labrador, les yeux exorbités par l'épouvante du bodeguero.

– À franchement parler, a annoncé le labrador, j'ai envie d'en finir, une fois pour toutes. Je n'en peux plus, et retourner à ces maudites cages pour m'y morfondre encore ne me dit plus rien... Si seulement je tombais sur un chien capable de m'achever en vitesse.

Je l'ai regardé longuement.

– Facilite-lui le travail, ai-je dit. Ne résiste pas trop.

Il sourit en poussant un soupir et passa la langue sur ses cicatrices et les blessures fraîches de son museau.

– Ces derniers temps, j'y suis résolu, en y allant. Mais, une fois confronté aux canines de l'adversaire, l'instinct de conservation et l'instinct guerrier sont plus forts que moi. Je suis chien, après tout. Je ne peux m'empêcher de vendre cher ma peau. Si je ne suis pas assez fort pour vaincre, je le suis suffisamment pour me défendre. Le *sparring* parfait... Voilà pourquoi je tiens bon jusqu'à ce que l'on nous sépare.

– Un jour, tu n'en pourras plus, comme tu le dis toi-même.

– C'est sûr. Aujourd'hui, demain... Et, au fait, tes cicatrices m'intriguent un peu. Ces balafres et ces oreilles déchirées, dit-il en me regardant, soupçonneux. Tu as déjà été dans des endroits pareils ?

– Non, ai-je menti. C'est seulement que j'ai eu la vie dure.

– Drôlement dure, d'après ce que je vois.

– Oui.

Il regardait mes épaules et mes crocs, appréciateur.

– Tu es fort, mon vieux, dit-il enfin. Tu as des chances. Peut-être qu'après t'avoir éprouvé ils décideront de faire de toi un combattant. Pas un second choix, comme nous, mais une vedette. Un...

Il laissa la phrase en suspens.

– Un assassin, dis-je.

– Tout est possible.

Le labrador regarda avec commisération notre compagnon.

– D'autres n'ont même pas cette chance. Ils sont de la chair à canon pour un premier et unique assaut.

– Je ne veux pas mourir, gémit le bodeguero.

– Ce qui doit être sera, petit.

– Ne m'appelle pas petit. Mon nom est Cuco, protesta le terrier, et sa voix se brisa en un sanglot canin.

Le labrador hocha sa tête lasse.

– Moi, c'est Tomás, dit-il avec un sourire triste. Un nom ridicule pour un chien, je sais. C'est une gamine qui me l'a donné. Une petite humaine... Je me rappelle son odeur tiède.

Il poussa un profond soupir et son regard se perdit dans le vide.

– Sept mois ensemble, murmura-t-il un instant plus tard. Le chiot offert comme cadeau de Noël est devenu un fardeau pour les vacances d'été.

– C'est classique, ai-je fait.

– Quand je dors, je revois encore en rêve la voiture qui prend de la vitesse pendant que je cours derrière elle et qu'ils m'abandonnent.

– De l'histoire ancienne, ai-je insisté, amer. Et si peu originale.

– Oui. Pendant des semaines j'ai vagué sur cette route en espérant les voir revenir.

– Naturellement.

– Mais ils ne sont pas revenus.

– Bien sûr que non.

– Ils ne le font jamais.

Nous avons échangé un regard triste. Finalement, le labrador s'est tourné vers le bodeguero.

– Mourir n'est pas si terrible, Cuco… C'est même un soulagement.

– Alors meurs, toi, merde.

– Tout doux, conseilla le labrador en lui donnant quelques aimables coups de langue. Tu ne vas pas survivre à la Barranca, alors, le mieux, c'est d'en finir au plus vite, comme nous venons de le dire. Tu te lances dans la gueule de l'autre, et tu en finis en un clin d'œil.

– En sauvant tes couilles, ai-je ajouté.

– Facile à dire pour toi, m'a rétorqué le bodeguero, rancunier. Avec la stature et les mâchoires que tu as, peau de vache.

– Mieux vaut ça, a renchéri le labrador, que de mettre un long moment à crever, pour le divertissement des humains et le dressage de celui qui te liquide… et je suis sûr que notre collègue, ici présent, est également d'accord sur ce point.

– Tout à fait, ai-je dit.

– Fermez-la, merde, lança le bodeguero en se blottissant dans un coin et en couvrant sa tête avec ses pattes. Fichez-moi la paix.

C'est alors que s'ouvrit la porte de l'appentis. Deux humains venaient chercher le labrador. Celui-ci nous regarda une dernière fois, leva une patte et lâcha un peu de pisse dans un coin de la cage. J'ai senti sans peine ce qu'il disait : « Tomás était ici. » Quand il eut fini, il leva la tête et se lécha un peu le museau, les pattes et les testicules, pour faire un brin de toilette.

– La gamine s'appelait Julia, dit-il.

Puis il se laissa emmener d'un petit trot court et digne.

Un bon moment après mon tour est venu. Ou plutôt notre tour, parce que l'on a fait sortir le bodeguero et moi en même temps. Nous étions assoiffés et tendus à cause de ce que nous avions entendu : aboiements de combat violents et féroces, parmi lesquels il nous avait semblé reconnaître ceux du labrador. Puis le silence s'était fait. Quand on nous a séparés devant un autre hangar, et que je l'ai perdu de vue, le pauvre bodeguero tremblait comme une feuille dans le vent.

Lorsqu'on m'a fait entrer, j'ai levé le museau pour promener un regard sur ce qui m'environnait. Notre vision à nous, les chiens, plafonne globalement, tout au plus, au niveau des genoux humains. Nous voyons le monde jusqu'à cette hauteur-là, et nous nous en contentons. Il en va tout autrement en ce qui concerne nos maîtres, quand nous en avons. Leurs visages, nous les observons souvent avec attention, habitués comme nous le sommes à voir en eux celui du dieu qui nous nourrit, nous soigne et nous commande. Les humains de la Barranca n'étaient pas mes maîtres – et je ne les considérais certes pas comme tels –, mais je voulais découvrir dans leurs traits les signes révélateurs de mon avenir immédiat. J'avais déjà vu de nombreux autres visages semblables, et ce que j'y ai découvert ne m'a laissé aucun doute : faces cireuses, endurcies, étrangères à la pitié. En elles, je ne pus lire que la cruauté, l'ambition et la violence.

En me tenant attaché par le collier à une laisse, on me traîna dans une lice circulaire d'une vingtaine de pattes de diamètre – la patte canine, on le sait, équivaut à une trentaine de centimètres – au sol couvert d'un sable retourné par des piétinements, qui avait presque absorbé, en formant de grosses taches brun rougeâtre, le sang répandu peu auparavant. Et, à quelque distance de la lice, derrière des jambes d'humains, je pus distinguer le corps inerte et ensanglanté du labrador.

J'ai respiré profondément et me suis tourné vers la porte, guettant l'apparition de mon adversaire. Pourvu que ce soit le même, me suis-je dit, en bandant mes muscles et en hérissant mon poil, pendant que l'odeur du sable imprégné de sang réveillait en moi de vieux instincts. Pourvu que je puisse régler son compte à cet assassin. Pourvu qu'il s'agisse du combattant qui a tué Tomás, nom ridicule pour un chien. Et pourvu que celui-ci soit parti vers l'Obscure Rive en songeant, comme dernière pensée, à l'odeur tiède de la petite fille qui, quand il n'était qu'un chiot, lui avait donné ce nom.

À ce moment-là ont retenti des cris et des éclats de rire, et celui qui tenait ma laisse l'a tirée en arrière en la retenant fermement, tout en me fouettant le dos avec un nerf de bœuf pour m'exciter. Et j'ai alors vu apparaître, entre des jambes humaines, les yeux effarés de Cuco, le bodeguero.

Le temps – celui des humains et celui des chiens – semblait s'être arrêté. Cuco était en face de moi dans la lice, avec un collier au cou et une laisse qui le retenait par derrière, même si c'était une foutue erreur de l'avoir attaché, parce qu'il tremblait, pattes fichées dans le sable, incapable de faire un pas. Au contraire, on le poussait à s'approcher de moi et on lui tapait sur le dos pour le mettre en rage, comme on le faisait avec moi. Mais, dans son cas, la panique tenait lieu de fureur animale. Le bodeguero ne pouvait ni ne voulait se battre. Il était clair que son rôle était de servir de *sparring* pour un seul assaut – il ne résisterait pas davantage –, pendant que les humains mesureraient mon aptitude à la lutte. Une proie facile pour commencer. Un assassinat d'entraînement. Et c'était exactement pour ça que j'étais venu à la Cañada Negra et à la Barranca. Pour m'y faire une place et pouvoir ainsi découvrir le fin mot de l'histoire. J'étais allé trop loin, j'avais pris trop de risques pour pouvoir maintenant faire machine arrière. Parce que maintenant ma vie était aussi en jeu. Ce qui, sans plus de doute, signait l'arrêt de mort du pauvre bodeguero.

Conscient de mon rôle, je montrai les crocs et aboyai avec une fureur apparente, dont le sens n'était déchiffrable que par le malheureux qui me faisait face.

– Je regrette, compère, lui ai-je dit.

Ses yeux exorbités me regardaient comme s'il ne me reconnaissait pas. Comme s'il peinait à me voir clairement.

– Pitié, aboya-t-il enfin.

– Je n'y peux plus rien.

– Ne m'attaque pas, je t'en prie, supplia-t-il, implorant. Aie pitié de moi. Ne me tue pas.

– C'est impossible, Cuco... C'est toi ou moi. Tu le sais. Tu es le *sparring* d'un seul assaut. Si ce n'était pas moi ce serait un autre.

Il trembla si fort que ses pattes de derrière, entre lesquelles il avait logé sa queue, se dérobèrent. Il faillit tomber. L'humain qui le tenait attaché au bout de la laisse le secoua sans ménagement et lui fouetta le dos.

– Laisse-moi partir, me supplia-t-il de nouveau.

– Je ne peux pas. Tu sais que je ne peux pas. Et que tu n'iras nulle part.

– Ne me tue pas, alors. Contente-toi de me blesser, si tu veux, mais ne me tue pas.

– Ce n'est pas ce qu'ils attendent.

– Je veux vivre !

Je tirai sur la laisse en montrant les crocs, comme si j'étais impatient de me jeter sur lui. Les humains m'encourageaient.

– Ce sera rapide, dis-je. Lance-toi contre moi et je t'assure que ce sera vite fait. Tu ne sentiras presque rien, ajoutai-je en montrant les humains du museau. Ne leur donne pas la satisfaction de te voir détaler comme un lièvre.

Ses yeux terrorisés regardèrent autour de lui. Sa langue pendait entre ses crocs dérisoires.

– Finis dignement, lui dis-je. Comme un vrai chien.

Il se tordait, désespéré. Gémissant. Il pesa sur ses pattes arrière, tendit la queue et lâcha une déjection brève et liquide. Celui qui le tenait au bout de la laisse le frappa une nouvelle fois.

– Affranchis-toi de tous ces fils de pute, dis-je. Viens. Attaque-moi et qu'on en finisse.

– Tu me jures que ce sera rapide ?... Tu me le jures sur le Grand Chien ?

– Je ne crois pas au Grand Chien, mais je te le jure. Attaque-moi. Tout droit sur mes crocs, et ne t'inquiète pas. Je me charge du reste.

Son aboiement fut tremblant.

– Tu es sûr ?

– Je le suis, fis-je en écartant les pattes, pour mieux les affermir sur le sol, prêt à le recevoir. – Je sais très bien comment faire. J'ai déjà été lutteur.

– Tu dis ça pour..., fit-il en me regardant, déconcerté. Va au diable.

– Regarde mes balafres, insistai-je. Mes cicatrices... Je connais ça, tu comprends ?... Fais-moi confiance.

Il secoua la tête.

– Tu me mens, salaud. Tu sais que je ne peux pas le faire.

– Je ne te mens pas. Je sais de quoi je parle et ce que je fais. Et tu n'as pas d'autre issue. Attaque, Cuco... Tu peux le faire.

– Tu te trompes ! hurla-t-il, et l'humain le frappa encore. Je ne peux pas !

– Souviens-toi de tes ancêtres loups, merde ! Montre que tu as des couilles. Imagine que ton maître, celui à qui on t'a volé, te regarde. Tu ne voudrais pas le décevoir, n'est-ce pas ?... Il te regarde.

Cuco parut tout à coup absorbé en lui-même. Quasi pensif.

– Mon maître, gémit-il.

– Oui. Il te regarde, Cuco. Tu ne le vois pas ?... Il te regarde te battre, et il se dit : « Bon chien, bon chien. »

Il tarda, un instant encore. Un instant pendant lequel il respira profondément et où tout son corps parut se transformer. Soudain, l'expression atterrée de ses yeux devint comme aliénée, sauvage, et l'on put voir comment les vieux instincts oubliés revenaient à son secours, en cette heure décisive et suprême. Alors, le petit bodeguero timide, le couard qui geignait, mort de peur, disparut comme par enchantement ; et je vis à sa place, un rien de temps, un chien digne de ce nom. Je vis se dresser les oreilles d'un canidé qui hérissait le poil de sa tête et de sa nuque, montrait les crocs et tirait sur la laisse, suffisamment fort pour que l'humain qui le tenait la détache du collier. Et tandis que les clameurs et les rires retentissaient autour de nous, sous le regard imaginaire de son maître perdu, ce pauvre petit bout de cador enfin courageux se lança droit sur moi, mâchoires ouvertes et yeux fermés. Et moi, sentant que l'on détachait aussi la laisse de mon cou, je pus me dresser sur mes pattes, le recevoir gueule ouverte, crocs saillants, et, avec toute la violence et la célérité dont je fus capable, le mordre à la gorge sous la mandibule, là où le chien peut être expédié en vitesse, proprement et avec compassion sur l'Obscure Rive.

7. L'avenir est à ceux qui se lèvent tôt

J'ai réussi l'épreuve, bien entendu. Ce matin-là, on m'a gratifié d'un bon morceau de viande et d'une cage particulière sous les appentis de la Barranca, dans la zone des combattants. Les aspirants au championnat y sont soignés comme des princes, parce qu'ils représentent pour les humains une possibilité de gagner de l'argent. J'ignore si l'un d'eux avait reconnu en moi le champion des temps passés, parce que je ne domine guère du langage humain que quelques rares mots, les ordres brefs, et encore : je les interprète, comme tous les chiens, plus d'après l'intonation que par leur sens exact. Je ne sais pas ce qu'ont pu dire à mon sujet mes nouveaux maîtres, le fait est qu'ils ont vu ou reconnu en moi le chien de combat. Pour cela, il ne faut pas être grand lynx, en raison de ma stature, mes crocs, mes oreilles légèrement déchirées, mes cicatrices et ma prompte efficacité au moment de tuer. Comme je l'avais prévu, le sacrifice du pauvre Cuco avait servi à quelque chose. À me conduire là où il fallait que je sois.

Couché sur mes pattes, j'ai passé une partie de la journée à m'efforcer de ne penser ni au bodeguero, ni à Tomás, le labrador épuisé. Penser à l'excès n'est pas bon pour les chiens comme moi, et moins encore s'ils ont du sang dans la mémoire. Les souvenirs se mélangent au présent, les rêves tournent au cauchemar, et un moment vient où, comme je l'ai dit, il me semble que l'engrenage dans ma tête tourne à vide ; je ne sais plus où je suis et ne peux plus distinguer ce qui est réel de ce qui ne l'est pas, ni le présent du passé. Pour ce qui est de réfléchir, je laisse ça aux canidés comme Agilulfo, qui en ont le temps et l'envie. Couché dans ma cage, à l'ombre de l'auvent, je me suis contenté d'attendre la suite des événements. Et, en milieu d'après-midi, il y en a eu un autre.

L'inévitable s'est produit. Les nouveaux maîtres ont voulu voir ce que je valais confronté à un chien d'une autre stature que celle de Cuco : un véritable combattant. C'est ainsi qu'avant le soir je me suis retrouvé sur la piste de sable, cette fois face à un gaillard d'une tout autre stature que le pauvre petit terrier. Sans rien d'un *sparring*, cette fois. Il s'agissait d'un dogue allemand : mufle carré, oreilles taillées en pointe, poitrail puissant, de ceux que les humains appellent grands danois. Ce n'était pas rien, mais certains détails n'échappèrent point à un vétéran comme moi. Au premier coup d'œil, j'ai compris que nous n'allions pas nous livrer un combat mortel, parce que les humains ne permettraient pas à deux bons combattants de s'écharper sans plus attendre. Celui qu'ils m'opposaient, retenu comme moi par une laisse pendant que nous nous montrions les dents, n'était pas un fameux lutteur destiné à être la victime d'un antagoniste en pleine ascension, mais un sujet vigoureux et jeune, entraîné, en pleine forme. Ses muscles et ses crocs nus en témoignaient.

J'ai voulu raisonner. Nous allons faire ça comme il faut, ai-je aboyé à son intention : un numéro convaincant, et chacun retourne dans sa cage. Mais je suis tombé sur un os. Ce chien était un jeune sûr de lui, qui se donnait de l'importance et comptait bien être porté aux nues. Il se prenait pour Volt, ou une autre de ces vedettes du grand et du petit écran. Si bien que, au lieu de répondre, il s'en est tenu aux aboiements de défi, en tirant sur la laisse comme s'il ne m'entendait pas.

– Pas la peine de prendre l'affaire au sérieux, ai-je insisté.

– Je vais te démolir, grand-père, lâcha-t-il enfin, très remonté.

Par le passé, être traité de grand-père m'aurait mis hors de moi. Je lui aurais dit deux mots. Mais il y avait longtemps que j'en étais revenu. Je l'ai regardé froidement de bas en haut, j'ai poussé un profond soupir, ai un peu réfléchi à l'affaire et, tirant à l'improviste, j'ai arraché la laisse des mains de l'humain qui me retenait et me suis jeté sur le danois.

Il ne s'y attendait pas, bien sûr. Le vantard était trop occupé à retrousser les babines et à montrer les dents. En aboyant qu'il n'allait faire qu'une bouchée du grand-père et tout ce qui s'ensuit. C'est ainsi que le grand-père s'est jeté sur lui en lui mordant le museau à la babine supérieure, près de la truffe, ce qui provoque une douleur de tous les diables. J'ai bien assuré ma prise, puis je me suis laissé tomber sur le côté, de tout mon poids, et lui ai fait perdre l'équilibre. Me voyant détaché, l'humain qui retenait mon adversaire n'a plus su s'il devait lâcher la laisse ou continuer de la tenir, et j'ai profité de ces quelques instants – j'ai déjà dit que nous, les chiens, avons une perception du temps et du mouvement différente de celle des humains – pour bien secouer le danois qui, à ce moment-là, a rejeté les oreilles en arrière, m'a repoussé avec ses pattes et a voulu reculer, sans doute pour gagner du terrain et passer à l'attaque, mais je ne lui en ai pas laissé le loisir et n'ai lâché son museau qu'au moment où je l'ai renversé ventre en l'air. Ce qui n'a duré qu'un rien de temps, mais a été suffisant. Quelqu'un a saisi mon collier par-derrière et, tirant avec force, m'a écarté de mon adversaire.

– Fils de pute, a aboyé le danois, en se relevant.

Il passait la langue sur son museau, qui saignait. L'estafilade était belle.

– L'avenir est à ceux qui se lèvent tôt, ai-je répondu.

On nous tenait éloignés l'un de l'autre de cinq ou six pas. Déconcerté, le danois me regardait, rancunier.

– Alors, il se porte comment, le grand-père ? ai-je fait, moqueur.

Il n'a rien dit. Il grognait sourdement, menaçant. Mais ça n'allait pas plus loin, pour ainsi dire.

– Ça ne vaut pas la peine, ai-je répété. C'est un essai, pas un véritable combat. Personne ne te demande, pour le moment, de risquer ta vie.

– Va au diable.

– Un autre jour, peut-être... Pour le moment, je reste ici.

Les humains ont relâché un instant les laisses, pour voir ce que nous allions faire, et tous les deux avons tiré fortement dessus, en aboyant avec férocité. Nous sommes ainsi arrivés à nous frôler le museau, ou presque, pattes de devant levées, avant qu'on ne nous éloigne de nouveau l'un de l'autre. Tout cela était très canonique, tout à fait conforme aux règles du genre, dans l'attente du verdict. Même si son apparence restait imposante, le danois avait maintenant de tout petits yeux, la babine en retrait, le front bas et les oreilles en arrière. Particularités qui ne m'échappèrent pas. Pour un humain inexpert, elles ne voulaient pas dire grand-chose, bien entendu ; mais pour un chien, c'était clair comme eau de roche : celui qui présentait ces signes chiait de peur. Littéralement.

– Laissons ça pour une autre fois, mon vieux, ai-je dit posément. Nous avons fait ce que nous avions à faire.

Là-dessus, levant une patte, j'ai marqué l'arène d'un long et serein jet de pisse.

Peu après la tombée de la nuit, j'étais couché dans ma cage, somnolent. La journée avait été rude, et j'avais vraiment besoin de repos. C'est alors que j'ai entendu un grattement proche sur le grillage de ma cage. J'ai ouvert les yeux et vu une ombre. Des yeux luisants, et une masse noire.

– Qui diable es-tu ? ai-je jappé tout bas.

– Le dogue que tu as affronté en arrivant à la Cañada, m'a-t-on répondu.

Je récapitulais. Non sans effort. Trop de chiens s'étaient succédé au cours des dernières vingt-quatre heures de ma vie, en temps humain. J'ai fini par me rappeler. C'était le gardien que j'avais trouvé, ou qui m'avait trouvé, lorsque j'étais arrivé au bidonville. Le chien de garde avec qui je m'étais battu, jusqu'à ce que ses maîtres m'attrapent.

– Comment t'appelles-tu ?

– Beuh. Je n'en ai pas la moindre idée. Je ne l'ai jamais su, ou je n'ai jamais eu de nom.

Il avait approché sa tête de la mienne, de l'autre côté du grillage, et nous grognions tout bas. Nous chuchotions. Comme nous étions tout près l'un de l'autre, une faible clarté lunaire qui entrait par une lucarne de l'appentis m'a permis de mieux le voir.

– Qu'est-ce qui t'amène ici ? me suis-je enquis.

– La curiosité.

– La curiosité tue le chat.

– Aucun risque. Je suis un chien.

J'ai aimé la tournure. Sa façon de se rapprocher, de me flairer et de frotter sa truffe contre la mienne. Il semblait bien ne pas me garder rancune.

– Je voulais te demander quelque chose, fit-il tout à coup, de but en blanc. Pourquoi ne m'as-tu pas liquidé, hier soir, quand nous nous sommes battus ?

Je l'ai regardé, surpris.

– Je n'ai pas pu, je suppose, ai-je enfin répondu. Tu ne m'as pas laissé faire.

– Ça, c'est un mensonge. Je me suis battu avec toute ma ténacité et toi aussi. J'ai senti tes crocs juste sur les veines de mon cou… Mais quand tu aurais pu m'achever, tu ne l'as pas fait.

J'ai réfléchi pendant quelques instants.

– Ce n'était pas nécessaire, je suppose. Je n'aime pas tuer.

Il m'a lancé un regard incrédule.

– Tu n'aimes pas quoi ?

– Tuer, c'est ce que j'ai dit.

Je l'ai entendu rire entre ses dents, en soufflant, langue dehors.

– Ce n'est pas ce qu'on raconte sur ton compte.

– Que raconte-t-on ?

– Qu'aujourd'hui tu as liquidé un *sparring* et fait une belle peur à Olaf, le danois, qui n'est pas n'importe qui. Et que tu as déjà été mêlé à de telles affaires.

– Qui dit ça ?

– Tu sais bien, les aboiements courent. De-ci, de-là. Radio-Chien.

– Que raconte-t-on d'autre ?

– Que tu es venu ici de ton plein gré, alors que tu portes un collier avec plaques et toute cette sonnaille. Ce qui signifie que tu es un putain de psychopathe ou que tu dois avoir perdu la boule.

Nous sommes restés un moment silencieux. Il a bientôt dressé les oreilles. Toujours intrigué.

– Tu ne m'as pas encore dit ce que tu es venu chercher ici, lui ai-je demandé.

Il a paru réfléchir.

– Je voulais seulement te remercier, a-t-il fini par me répondre en baissant la queue. Tu m'as permis de rester en vie et de ne pas perdre mon boulot.

– Ce n'est pas un boulot très digne, ai-je remarqué. Gardien de cette merde.

Il a pris la chose très sportivement.

– Si l'on avait fait de moi un combattant, je ne serais déjà plus en vie, a-t-il répliqué. J'ai eu de la chance. Ici, j'ai ma gamelle assurée. Quant aux chiens qui vont et viennent, ma foi… C'est triste, mais je fais mon devoir et j'aide les autres quand je le peux.

J'ai hoché la tête, compréhensif.

– Mieux vaut que ce soient eux qui paient le prix fort plutôt que toi, je suppose.

– C'est ça.

Ça m'a fait réfléchir un peu. À la différence des hommes, nous, les canidés, ne connaissons pas grand-chose à l'hypocrisie. Nous sommes ce que nous sommes, et c'est tout. D'honnêtes bêtes. Et ce dogue, en dépit de son travail, ne semblait pas être un sale type. La vie de chien n'est pas un territoire de tout repos, ai-je conclu. Chacun s'en sort comme il le peut. C'est ainsi que j'ai décidé de baisser un peu la garde, et lui ai dit quelques mots sur ce que je cherchais. Rien de très précis, un simple survol. D'après ce que j'avais appris, deux de mes amis, Teo et Boris le Beau, étaient passés par ici. Peut-être avait-il entendu aboyer quelque chose à leur sujet.

– Et comment, a-t-il répondu.

Alors, avec son museau et sans grand effort, il a poussé le loquet de ma cage. Je le regardais, stupéfait.

– Que fais-tu ?

J'ai entendu un jappement doux. Le dogue riait.

– Tu as peut-être envie de faire un tour, m'a-t-il dit.

La lune éclairait les toits de fibrociment et de tôle des baraques, et l'on percevait à peine une lumière ténue derrière les rideaux des fenêtres. Nous avons marché sans bruit et nous nous sommes arrêtés devant le dernier appentis. La curiosité me dévorait jusqu'à l'extrémité de la queue, mais le dogue ne lâchait rien.

– Quelle connerie sommes-nous en train de faire ?

– Tais-toi. Tu vas voir.

Nous allions flanc contre flanc. Mon guide regardait d'un côté et de l'autre, méfiant. Prudent.

– Si l'on nous surprend, m'a-t-il averti, tu t'es échappé et je viens de te rattraper, d'accord ?... On fait notre numéro de cirque et tu retournes, obéissant, à ta cage.

– D'accord. Mais qu'en est-il de mes amis ?

– Ne t'emballe pas, camarade. La patience est une vertu.

– Je ne m'emballe pas et je suis tout à fait patient. Mais dis-moi au moins quelque chose.

Il parut réfléchir un peu.

– Ce Teo est un rhodésien baraqué, de belle prestance, c'est ça ?

– C'est bien lui.

– On l'a amené ici il y a une quinzaine de jours, avec un autre. L'élégant. Ton ami a été jugé de première catégorie, apparemment. On l'a évalué avec deux *sparrings*. Avec l'un des deux, qui était un misérable gringalet couvert de puces, il a refusé de se battre.

– Ça ne m'étonne pas. Teo est un clebs intègre. Un chien décent.

– Eh bien, ton ami décent a pris une volée de coups et il est resté bouclé deux jours sans manger. On ne lui a même pas donné d'eau... Puis, on l'a balancé dans la lice pour affronter un *sparring* de taille, un mâtin des Pyrénées un peu vieux mais encore puissant.

– Et ?

– Bon, tu sais comment ça marche.

– Il s'est battu, tu veux dire ?

– Et comment... Pas moyen d'y couper, bien sûr. Survolté comme il l'était, fou de faim et de soif, aveuglé de fureur par les coups reçus, il a laissé son adversaire dans un tel état qu'il a fallu achever le mâtin d'un coup de fusil... Il l'a complètement démoli.

Je me suis arrêté, sidéré.

– Sérieusement ?

– Comme je te le dis. Et depuis, d'après ce que l'on m'a rapporté, il ne laisse pas un rival en vie. Il expédie tous ceux qu'on lui présente. On le garde à l'Abattoir pour les combats sérieux, a-t-il ajouté, puis il m'a regardé avec curiosité. Tu connais l'endroit, je suppose.

– Oui. Passablement.

– Eh bien, il vit là-bas dans les cages où l'on garde les champions pour ne pas avoir à les transporter et à les ramener de là où vivent les maîtres... Tu en as occupé une, un jour ?

J'ai froncé le mufle, sombre. Les souvenirs, toujours plus angoissants et proches, me tenaillaient le gosier.

– Non. J'étais bon, mais je vivais avec mon maître.

– Ma foi, lui, il est plus que bon. D'après ce qu'on raconte, il a fait gagner aux siens beaucoup de pognon. C'est là qu'il vit et se bat presque chaque nuit... À ce qu'il paraît, c'est un lutteur-né. Un tueur.

Il m'a fallu un bon moment pour avaler ça. L'Abattoir était un enfer où seules la violence et la cruauté permettaient de survivre. Je ne pouvais imaginer Teo là-bas, avec son expression ironique de chien intelligent et ses manières moqueuses et posées. Avec l'insolence sereine et sympathique qui avait séduit Dido et fait de lui mon ami.

– Quant à l'autre..., fit le dogue, et il hésita.

Je secouai la tête, alarmé. Teo n'était pas seul en question, me remémorai-je soudain. Ils étaient deux.

– C'est un barzoï, n'est-ce pas ? ajouta-t-il. Un de ces lévriers russes distingués ?

– Oui. Boris le Beau. Que lui est-il arrivé ?

Nous nous étions arrêtés devant le dernier petit hangar. Nous chuchotions en faibles grognements pour n'alerter personne. J'ai de nouveau entendu le dogue rire entre ses crocs.

– Ce qui lui est arrivé, c'est qu'il n'est plus aussi beau, à l'heure actuelle.

Je suis un chien dur, mais j'ai frémi en apprenant la nouvelle.

– *Sparring* ?

– Pire que ça.

– Ne déconne pas... Pire ?

Il me montra la porte de l'appentis.

– Vois toi-même.

J'ai retenu mon souffle pendant que je m'approchais. Mon cœur battait très fort. La porte n'était pas fermée, je l'ai poussée de la patte. Quand je me suis glissé à l'intérieur, j'ai fait entrer avec moi un pâle rayon de lune, à la clarté duquel j'ai pu voir, très distinctement, une cage dans laquelle il y avait une couverture élimée et sale. Plusieurs chiens dormaient dessus. J'en ai compté quatre. L'un d'eux était Boris, mais j'ai tardé à le reconnaître, parce qu'il ne se ressemblait plus. Le Brad Pitt canin dont j'avais fait la connaissance quelques semaines auparavant, celui aux yeux de velours doré, au poil blond et soyeux de lévrier russe avec pedigree et ancêtres à la cour du tsar, né pour poser avec des afféteries avantageuses et figurer sur les couvertures des revues canines, n'était plus qu'une épave décharnée, aux cernes qui tombaient jusqu'à son museau, la truffe décolorée et la peau sur les os.

– Boris ? ai-je grogné tout bas, sans pouvoir en croire mes yeux.

Il a remué, somnolent, en s'entendant appeler ainsi. Nul, autour de lui, ne prononçait plus son nom depuis longtemps. Il a levé la tête et, étonné, en me reconnaissant, s'est aussitôt dressé sur ses pattes.

– Negro !... C'est toi, Negro ?

J'ai collé le nez au grillage.

– En personne, ai-je fait.

– Ouah.

Il est venu vers moi d'un pas lent et difficultueux. Il paraissait épuisé.

Il a échangé avec moi quelques faibles coups de langue à travers le grillage pendant que nous frottions nos museaux l'un contre l'autre.

– Qu'a-t-on fait de toi, Boris ?

Les coups de langue ont cessé. Il a frémi.

– Une horreur, a-t-il dit. Une horreur.

Puis il a jeté un coup d'œil sur les autres chiens endormis. Alors, en regardant avec plus d'attention, j'ai constaté qu'il s'agissait de chiennes. Trois femelles qui dormaient du sommeil du juste. Se tournant de nouveau vers moi, il a grogné tout bas, comme s'il redoutait de les réveiller en aboyant.

– Je t'en supplie, Negro. Sors-moi de cet enfer.

J'ai entendu derrière moi le rire étouffé du dogue. Ouaf, ouaf, ouaf, faisait-il. Alors, j'ai tout compris : on avait fait de Boris le Beau un reproducteur.

8. Le calvaire de Boris

– Infortuné le clebs qui naît aussi beau que moi, dit Boris.

– Tu déconnes ?

– Je déconne ? fit-il en me regardant avec des yeux exorbités, tout grand ouverts. Tu ne sais pas ce que c'est, Negro. Je le jure par le Grand Chien. Elles m'épuisent.

J'ai posé un regard sur le dos des trois femelles endormies. Il faut dire que de loin et à la lumière de la lune, elles avaient l'air magnifiques. Dignes d'être primées. De ces chiennes qui en imposent.

– Elles ne sont que trois, ai-je observé, amusé.

– Trois aujourd'hui, a répondu Boris d'un aboiement tremblant. Quatre, hier. Encore quatre avant-hier...

C'est-à-dire trois ou quatre par jour. Tu vois le drame que c'est ?

– J'en connais qui tueraient pour être dans ta peau.

– Dans ce qui me reste de peau, tu veux dire. Non, mais regarde-moi.

– Je te regarde.

– Je ne suis plus que l'ombre de moi-même. Tu t'en rends compte, Negro ?... Elles font de moi un sac d'os. Regarde ces côtes apparentes. Je ne peux même plus trousser la queue. Moi qui ne me léchais pas le popaul parce que je n'y arrivais pas, avec la hauteur et le coffre que j'ai, ou avais... Moi qui, dans les parcs, les tombais par ma seule prestance, et qui en m'arrêtant devant elles dans une pose de concours de beauté canine perturbait leur cycle menstruel... Peux-tu te faire une idée de ce que j'endure ?

– Je m'en fais une, oui, ai-je reconnu, amusé. Bien sûr que je m'en fais une.

– Et moi aussi, dit le dogue, qui suivait la conversation.

Boris lui lança un rapide coup d'œil, avec une irritation défaillante.

– Une peau de citron pressé, voilà ce qu'elles font de moi, conclut-il.

– Tu exagères.

– Du diable si j'exagère. Je ne sens plus mes pattes.

– Console-toi, ai-je fait pour tenter de l'encourager. Le monde va être rempli de petits lévriers russes à ta ressemblance. Tous blonds et soyeux.

– Me consoler ?... Je suis lessivé, Negro. Toute la journée à tringler et tringler, sans qu'on arrête de m'en amener... Et elles sont insatiables, tu sais. Effroyables. Tu ne sais pas ce qu'elles sont, véritablement. Et quand elles s'y mettent ensemble, je ne t'en dis pas plus, fit-il en jetant un regard de côté sur les femelles endormies. Ici, tu ne l'as pas dressé qu'il est englouti.

J'ai éclaté d'un doux rire canin.

– Allons, allons, Boris. N'exagère pas. N'importe quel mâle t'envierait.

– M'envier ? Ne me fais pas rire. Je céderais bien ma place à n'importe lequel d'entre eux, sans autre considération. Je la céderais même à un *sparring*, si je le pouvais. Elles me consument, ces morues.

– Ces chiennes, le corrigea le dogue, non sans malice. Ici, à la Cañada, le langage sexiste a été aboli.

Boris lui lança un nouveau coup d'œil, amer. Puis il se tourna vers moi.

– Qui est ce crétin ?

– Le gardien assermenté de cet endroit.

Il nous regarda l'un après l'autre avant de plisser le mufle, déconcerté.

– Et toi, tu te promènes comme une fleur dans la Cañada Negra patte dessus, patte dessous avec le cerbère ?

– Ce sont les choses de la vie.

Boris en avait la gueule ouverte d'étonnement.

– Tu es un heureux désastre, mec.

– Parfois.

Boris resta un bon moment plongé dans ses pensées. Je veux dire l'esprit occupé par quelque chose ou quelqu'un qui, pour une fois, n'était pas lui-même. Ce qui, pour le Beau, toujours en quête du reflet d'une vitrine pour s'y mirer, était extraordinaire. Il finit par dresser les oreilles.

– Qu'es-tu venu faire ici, Negro ?

– Te chercher.

Sa gueule s'éclaira.

– C'est vrai ?

– Bien sûr.

– Tu es un grand chien, mon ami. Un sacré clebs. Qui les a bien pendues, dit-il, et il appuya sa truffe contre la porte de la cage. Viens, ouvre-moi ça. Vite.

J'ai remué la tête.

– Ce n'est pas si simple. Chaque chose en son temps.

– Que veux-tu dire ?

Je lui ai de nouveau montré le dogue.

– Si on te lâche maintenant, cet ami aura des problèmes. Moi aussi, peut-être.

– Et alors ?

– Tu vas devoir attendre un peu. Je suis venu vous chercher tous les deux.

– Tous les deux ?

– Teo et toi.

Ce nom le rembrunit aussitôt. Et le fit taire.

– Sais-tu ce qu'il est devenu ? ai-je demandé.

– Oui, a-t-il fait avant de baisser les oreilles, puis la tête. Je sais quelque chose.

– On m'a dit qu'il est devenu un tueur.

– Et c'est vrai, fit Boris qui se coucha, abattu, tête entre les pattes, comme si ses forces le trahissaient tout à coup. C'est ce qu'il est devenu, ton copain... Un putain d'assassin.

Nous étions allés dans un coin, en grognant tout bas, pour ne pas réveiller les chiennes. Le dogue, bon garçon, ne nous pressait pas. Il pointait le museau à l'extérieur, pour s'assurer qu'aucun humain insomnieux ne venait dans notre direction. Boris me racontait la capture.

– Teo et moi marchions dans la rue, tout à fait insouciants. Nous avions passé un bon moment à laper, à l'Abreuvoir, et il me raccompagnait chez moi

– il s'interrompit, me regarda avec gravité, comme s'il hésitait à poursuivre. – Tu sais que cette setter irlandaise, Dido, vit tout près de chez mes maîtres, non ?

– Oui, répondis-je, impassible. Je sais.

– Je suppose qu'il avait l'intention de pousser ensuite jusqu'au jardin où elle joue. Tu sais aussi que Teo est très doué pour sauter par-dessus les clôtures, poursuivit-il en jetant un regard d'angoisse sur les trois femelles endormies. J'aimerais bien voir comment il s'y prendrait, ici, ton collègue. Pour sauter cette clôture-là.

– Tiens-t'en au sujet.

– Très bien. Nous étions un peu éméchés par la petite anisée, tu vois ce que je veux dire, et Margot était à deux doigts de nous chasser. « File et arrête de boire », a-t-elle dit à Teo, « Et emmène ce bon à rien. »... Nous sommes partis en titubant, et en laissant des marques de pisse dans tous les coins. Moi, de par ma race et ma distinction, je suis un chien plutôt de droite, tu vois. Libéral-conservateur... Et Teo, qui penche plutôt de l'autre côté, s'est mis à chanter *L'Internationale* pour m'asticoter.

Debout, chiens de la terre
Debout, chiens de la faim...

Boris chantonna tout bas, sans cesser de surveiller du regard les chiennes endormies. Prudent. Puis il se gratta une oreille.

– C'est comme ça que nous sommes sortis du passage du Rat, où nous avons croisé Susa, la petite pute. Nous nous sommes arrêtés pour pisser encore un coup, et une fourgonnette s'est arrêtée à côté, à ce moment-là. Des humains en sont descendus, et ils m'ont attrapé par le collier.

– Tu n'as pas opposé de résistance ?

– Pas un jappement, vieux. Je suis un chien pacifique. Les canidés de ma classe ne se déplacent pas en donnant des coups de dents de tous les côtés. De plus, ces humains avaient l'odeur du danger. Alors, j'ai décidé d'attendre la suite des événements.

– Et Teo ?

– Il était éméché, comme je te l'ai dit. Peut-être plus que moi ; mais il ne s'est pas laissé faire. Il a aboyé et a voulu mordre celui qui l'avait saisi. Mais ces humains savaient ce qu'ils faisaient. Ils avaient préparé des lacets de fil de fer, lui en ont passé un autour du cou et l'ont traîné. Ils l'ont presque étouffé... Et, bon, ils nous ont amenés ici.

– Ils vous ont utilisés comme *sparrings* ?

– Tout d'abord, oui. Ils nous ont mis dans une cage, et nous ont fait sortir au bout d'un moment.

Teo, ils l'ont testé dans l'arène, en le confrontant à divers chiens. En premier lieu, il a refusé d'entrer dans le jeu, mais à la fin il a dû se battre. Il l'a sans doute très bien fait parce que, quand il en est revenu, je l'ai vu passer, sanglant et couvert de sueur, les yeux rougis par le combat et les crocs gouttant le sang. Mais vivant, et remuant la queue... Je crois qu'il s'est battu comme un véritable loup sauvage. Et je ne l'ai pas revu.

– Pourquoi ?

– Parce que j'ai été le suivant à aller dans l'arène. Tu imagines. Les sueurs froides. Me voir là. Moi qui ai été lauréat du concours du Chien de l'Année... Moi qui...

– Viens-en au fait.

– Le fait, c'est qu'ils m'ont envoyé un pitbull qui faisait peur à voir : une bête à pattes courtes, basse et carrée comme une armoire, qui est apparue en lançant des dégoulinures de bave avec l'air intellectuel qu'ont ces bâtards... Tu imagines le choc.

– Et que s'est-il passé ?

– Rien qu'à le voir, j'ai tourné de l'œil. Comme je te le dis. J'ai cru que je faisais un infarctus. Adieu, tout est devenu noir et je suis tombé raide. Une lipothymie.

– Sans blague.

– Comme je te le dis.

– Les chiens n'ont pas de lipothymies.

– Moi, j'en ai eu une.

– Ah.

– Je suis revenu à moi dans une cage et, peu à peu, j'ai appris ce qui s'était passé. Le pitbull est resté décontenancé au milieu de la piste, à regarder les humains comme pour leur demander : « Qu'est-ce que je fais avec celui-là, maintenant ? »... Et, de fil en aiguille, l'un d'eux s'est avisé que j'étais un chien très élégant, et que sans doute, si l'on me croisait avec des femelles de race, on obtiendrait des chiots qui pourraient se vendre pour de belles sommes d'argent... Bon, c'est comme ça que j'en ai réchappé, conclut-il, avant de regarder de nouveau, plein d'appréhension, en direction des femelles endormies, et d'ajouter : pour sauter de la poêle dans les braises.

Et il s'arrêta là, mélancolique. Le clair de lune lui amincissait encore plus le museau et ternissait ses yeux, naguère beaux et dorés.

– Si j'avais pu savoir ce qui m'attendait, fit-il encore en un soupir, je me serais jeté sur le pitbull et je l'aurais dévoré vivant.

J'allais faire part à Boris le Beau de l'idée qui me trottait plus ou moins dans la tête, pour lui redonner un peu d'espoir, mais on ne nous en a pas laissé le temps. Nos grognements et aboiements étouffés, bien que très discrets, avaient fini par réveiller les trois femelles dans la cage. Au même moment, le dogue gardien est entré dans l'appentis pour me dire qu'il fallait nous dépêcher de filer.

– Qu'est-ce qu'il y a, chéri ? aboya, somnolente, une des chiennes.

– Rien, ma belle, répondit Boris. Des amis sont passés me dire bonjour.

– Comment ça, rien ?... Des visites, à cette heure ?

J'entendis Boris avaler bruyamment sa salive.

– Ils s'en vont, dit-il, d'une voix mourante.

– Moi, ça me semble très bien, qu'ils s'en aillent, parce que j'ai des projets pour toi.

– Moi aussi, aboya une autre chienne.

– Et moi, fit la dernière.

Maintenant réveillées toutes les trois, à petits pas dévoyés, elles s'approchèrent de nous, ou de Boris, plus précisément, compte tenu du fait que le dogue et moi étions de l'autre côté du grillage.

– J'ai tout fait foirer, gémit Boris.

– Arrête de te plaindre, mon pote, siffla le dogue en admirant le paysage. Des beautés pareilles, on ne m'en donne pas, à moi... J'échange ma place pour la tienne quand tu voudras.

– Fais-le tout de suite, rétorqua Boris, et il me regarda, angoissé. Sors-moi de là, Negro. Je t'en prie, sors-moi de là. Je te l'ai dit : je n'en peux plus.

La queue m'en est tombée, parce que je ne pouvais rien faire. Les trois chiennes étaient, il faut bien le dire, du tonnerre. En d'autres termes, belles à crever. L'une, celle qui avait jappé la première, était une bergère des Shetland à vous couper le souffle, svelte, aux longues pattes. Une sorte de Charlize Theron canine, pour que l'on s'en fasse une idée. Les deux autres, je l'ai dit, une afghane avec aux oreilles une chevelure qui tombait jusqu'à son dos et des pattes qui semblaient danser quand elle marchait, et une beagle bien en chair, mais ferme, avec tout ce qu'il fallait pour prendre appui. Les trois splendides, chacune dans son genre. Et elles sentaient la chienne en chaleur à vingt pattes de distance.

– Voyons un peu ce que nous avons là, dit la Charlize, ou quel que fût son nom, en donnant à Boris des coups de langue. Et pas exactement sur le dos.

– Arrête, dit-il, tu me chatouilles.

– Des chatouilles, l'idole dit que je lui fais des chatouilles… Vous avez entendu, les filles ?

– On a entendu, dit l'afghane qui, sinueuse, s'était placée devant Boris queue troussée, pour qu'il la renifle.

– On va lui apprendre ce que sont les chatouilles, intervint la beagle.

– On a toute la nuit devant nous.

– Bien dit, ma petite yogini d'amour.

Boris se collait contre le grillage, angoissé.

– Je suis un peu fatigué, les filles... Vraiment. Plutôt ramollo.

Charlize le regarda avec dérision. Avec une écrasante supériorité canino-féminine.

– Ramollo, ramollo, va dire ça à d'autres, fripon.

– Non... On ne pourrait pas laisser ça pour plus tard ?... Quand j'aurai un peu récupéré ?

– Négatif, chéri. Ce n'est pas notre faute si tu es si beau.

– On veut un chiot de toi.

– Et même trois ou quatre, renchérit la beagle. C'est la norme, dans ces cas-là.

– Oui. Une petite portée de trois ou quatre chacune.

Boris poussa un gémissement d'horreur.

– C'est que je suis en train de parler avec ces amis, balbutia-t-il.

Elles posèrent sur nous un triple et long regard appréciateur. Apparemment, les notes obtenues par le dogue et moi durent être bonnes, parce qu'elles remuèrent la queue à l'unisson. Synchronisées comme les nageuses humaines des Jeux Olympiques.

– Alors, tes amis n'ont qu'à entrer, eux aussi, bâilla Charlize avec une chienne et indolente lascivité. Et vous allez voir quel bon moment on va passer, tous les six.

– Faisons l'amour tournant en cage, dit l'afghane.

Boris nous regardait, le dogue et moi, plein d'espoir.

– C'est ça, dit-il avec un filet de voix. Entrez, mes amis, entrez...

La beagle s'était beaucoup rapprochée de moi. Elle me faisait de petits yeux doux, la truffe collée au grillage.

– Et toi, d'où sors-tu, grand gaillard ?

– C'est mon ami Negro, dit Boris pour l'encourager. Oui. Tel que tu le vois, c'est un champion.

– C'est vrai ? fit-elle en battant des cils, suggestive. Les champions me fascinent. Et l'autre aussi paraît costaud. Tout en muscle et en langue. Waouh.

Je vis que le dogue gardien balançait entre se joindre à la partie fine ou pas, et que Boris posait sur lui, comme sur moi, un regard confiant, prêt à répartir entre nous trois les charges sociales de l'affaire. Mais il allait un peu trop vite en besogne. J'avais d'autres projets en tête.

– En fait... commença à dire le dogue, indécis, en se tournant vers moi.

Je l'ai poussé du museau.

– Allons-y, mon ami. On n'est pas là pour faire la fête.

– Attends, protesta-t-il. Il est clair que ton collègue a besoin qu'on lui prête patte forte. Il ne manquerait plus que les chiens ne s'entraident pas.

– Tu as raison, dit Boris. Moi, je suis à sec.

– Toi, tu la boucles, lui ai-je dit.

– Je la boucle, mais ton ami a raison. Plus de solidarité entre chiens, c'est ce qui manque, par les temps qui courent. Le monde va comme il va.

Le gardien était toujours en train de peser le pour et le contre.

– Il n'a pas tort, a-t-il dit.

J'ai continué de le pousser tout doucement vers la porte.

– Ne cherchons pas les ennuis, collègue... Tu dois connaître, je suppose, le vieil adage canin : que chaque chien lèche son chibre.

Il m'a regardé, intrigué.

– Non, sans blague. Moi, j'avais compris que c'était : qu'à chaque chien on lèche le chibre. Ce dicton me paraît encore plus sage.

– Eh bien, tu l'as mal compris.

– Ne me gonfle pas.

– C'est comme je te le dis.

Il y pensa un moment, en se grattant le cou avec une patte. Déchiré entre le devoir et le plaisir. Finalement, sa conscience professionnelle l'emporta et il obtempéra avec dépit.

– Tu as raison, fit-il en jetant un regard mélancolique en arrière. Mais vise-moi un peu ces trois beautés. Mes doutes sont compréhensibles.

– Je les comprends. Et je ne suis pas de marbre moi non plus. Mais il y aura une autre occasion.

– Que tu dis... Une comme celle-là ne se présente pas deux fois.

J'ai collé mon museau contre le sien, en le regardant dans les yeux.

– Imagine qu'on nous surprenne, mon pote. Parce que ces trois-là sont de celles qui hurlent fort.

Il passa la langue entre ses crocs.

– C'est sûr.

– Si les humains nous découvrent, tu perds ton job et je risque ma peau.

Il se gratta de nouveau, pensif.

– Là, tu as raison.

– Bien sûr que j'ai raison. Viens. Filons.

Le dogue poussa un soupir de résignation pendant que nous sortions de l'appentis. Je jetai un dernier regard derrière moi et je vis Boris acculé par les chiennes. Elles étaient sur lui et c'était à peine si l'on voyait sa queue. À trois, elles tiraient de lui leur dû avec force chienneries.

– Salauds, suppliait-il, angoissé. Ne me laissez pas tomber… Salauds.

9. L'Abattoir

Je suis retourné à ma cage, le dogue à ses affaires de surveillance, et je me souviens des trois jours suivants passés à la Cañada Negra comme d'un enchaînement confus d'hébétude et de violence. Il me semblait que les fantômes du passé s'étaient unis aux nouvelles ombres et que le tout éclatait en se bousculant dans ma tête. Je ne suis pas précisément un mou, comme vous le savez. J'ai dû infliger et subir de nombreuses morsures. Mais, cette fois, il m'a fallu battre le rappel de toute ma vieille expérience, mon sang-froid et la force de volonté qui me restait pour ne pas me laisser entraîner dans ces abîmes obscurs d'où un chien ressort rarement, si ce n'est sur le chemin de la folie ou les pattes devant.

Pendant ces jours-là, les humains qui m'avaient enlevé m'ont remis en forme avec une alimentation abondante un peu particulière et en me soumettant à un entraînement infernal qui incluait courses à obstacles, simulations d'attaques avec coups de crocs sur pneus suspendus et exercices de combat avec d'autres chiens. Mais, cette fois, il ne s'agissait plus de malheureux amateurs comme le pauvre Cuco – je ne pouvais l'oublier, malgré moi – ni de vieux gladiateurs au bout du rouleau comme le labrador que j'avais vu pour la dernière fois mort près de la piste. Maintenant, on lâchait sur moi de jeunes mâles vigoureux, en pleine forme, des aspirants aux combats sérieux, que je devais affronter pendant quelques minutes dans des exercices d'assaut, pendant lesquels les humains nous séparaient en tirant sur nos laisses quand les coups de dents devenaient féroces et que l'un et l'autre, ou l'un comme l'autre, cherchait aveuglément à tuer l'adversaire.

Mon souvenir de ces jours-là, comme je l'ai dit, est vague – je suppose que l'on mettait une drogue ou une substance stimulante dans mes aliments –, mais je crois que devant mes crocs sont passés au moins deux mâtins, un pitbull, un grand danois et un pinscher allemand. De presque tous, excepté du dernier, je n'ai reçu que de légères morsures et égratignures.

Je me souviens mieux du pinscher parce que, rapide et très courageux, il a été le seul à me mettre en difficulté en réussissant, avant que l'on nous sépare, à saisir mon oreille gauche, qu'il a failli m'arracher, blessure qui a tardé à guérir.

Toutes les nuits, quand je me couchais tranquillement dans ma cage après un dîner copieux, prêt à accueillir ce que me réservait le lendemain, mon ami le dogue gardien venait me voir et me présentait le bilan technique de la journée. Tu as été bien, tu as été encore mieux, tu as été sublime. Ce genre de chose. Le dernier jour, il m'a dit qu'il s'était faufilé dans un coin de l'arène pour me regarder, et que je l'avais impressionné.

– C'est dingue, mon vieux. On dirait que tu n'es plus le même.

– Je ne suis plus le même, ai-je riposté.

– Tu es celui que je suppose que tu étais. Ou tu le redeviens... Je suis ici depuis un an et demi et je n'ai jamais vu un combattant s'adapter avec une telle rapidité. En trois jours, tu as acquis une forme physique que pourraient t'envier beaucoup de jeunes qui ont suivi de longs entraînements.

– Il y a des choses qui ne s'oublient pas.

– Comme tuer, je suppose.

– Toi, je ne t'ai pas tué.

– C'est vrai, fit le dogue en se rapprochant un peu plus de moi et en me considérant très fixement. Quoique… Sais-tu ce que je crois ? Si l'on m'opposait à toi maintenant, sans personne pour nous séparer, tu m'expédierais en quatre coups de dents. Sans me reconnaître.

– Ce n'est pas vrai. Nous sommes amis.

– Je ne te parle pas d'ici. Je te parle de toi et moi dans l'arène, sur le sable.

Je ne répondis pas à ça. Nous nous étions allongés tous les deux tête entre les pattes, de part et d'autre de ma cage.

– Tu as éveillé ma curiosité, ajouta le dogue, changeant de sujet. Je me suis renseigné sur ton compte, ici. Il en résulte que pendant un certain temps tu as été le roi de l'Abattoir. Que les humains pariaient sur toi de véritables fortunes… C'est vrai ?

– N'écoute pas tout ce qu'on raconte.

– Ce qu'on raconte, c'est que tu as éliminé des douzaines de chiens. Et, ce qui est encore plus étonnant, qu'après ça tu as réussi à te retirer et à sortir vivant d'ici… Ce que n'obtient qu'un chien de combat sur cent.

– J'ai eu de la chance.

– La chance sans cervelle ne sert à rien.

– Si j'en avais une, de cervelle, je ne serais pas ici.

Le dogue continuait de m'étudier avec un mélange de curiosité et de respect. Au bout d'un moment, il eut un jappement doux.

– J'ai de bonnes nouvelles pour toi, dit-il en remuant la tête, tout à coup dubitatif. Même si je ne suis pas très sûr qu'elles soient vraiment bonnes.

– Je te dirai si elles le sont. Parle.

– Les humains semblent t'avoir eux aussi reconnu. Ils savent qui tu es. Ils te voient en pleine forme et veulent en tirer parti. Demain, tu vas à l'Abattoir. Une demi-douzaine de combats sont prévus, avec de très fortes mises.

Je suis resté immobile pendant que mon cœur manquait un battement, un de moins, avant de reprendre son rythme normal. Nous étions restés silencieux, à nous regarder. L'idée s'installait peu à peu dans mon esprit altéré. Je me voyais enfin proche de mon objectif ultime.

– Sais-tu contre qui je vais me battre ?

Il hocha la tête, en signe de dénégation, et je sentis l'anxiété me gagner.

– Mon ami Teo sera là, lui aussi ?

– Je n'en sais rien.

– Si seulement j'avais la chance de le rencontrer.

– Ma foi, je ne saurais dire. Ce serait un sacré hasard s'il était opposé à toi dans un combat. Mais, si c'était le cas et que vous ne vous battiez pas à mort, considère-toi comme foutu. Ils vous tueront sans pitié tous les deux.

Je suis resté un bon moment à considérer la chose. Ou à essayer de réfléchir, parce que j'avais la tête dans le brouillard et ce n'était pas facile.

– Tu t'es bien conduit, mon ami, ai-je conclu. Que je revienne de là-bas ou pas, je t'en suis reconnaissant.

– Ça n'a pas d'importance.

– Bien sûr que ça en a une... As-tu pensé à toi ? À ton avenir ?

Il plissa le museau. Sombre.

– À court terme, il n'y a pas de problème. Je vais rester ici, bien nourri, j'imagine. Comme gardien.

– Un jour tu te feras vieux.

– Je sais ce que tu veux dire. Je me ferai vieux et je finirai comme *sparring,* c'est ça ?

– C'est ce que je crois. Si tu ne te tires pas avant.

– Je le ferai peut-être, même s'il en coûte de renoncer à gagner sa croûte facilement, et à des maîtres qui, quels qu'ils soient, restent mes maîtres. Tu sais. Cette stupide loyauté qui nous attache si fortement à eux et qui nous vaut tant de déboires, alors qu'ils n'en sont pas dignes.

– Ce qui est le plus souvent le cas.

– Ne sois pas injuste. Il y a des maîtres formidables. Tout dépend du numéro que tu tires à la loterie.

Après avoir dit ces derniers mots, il remua tristement la tête. Puis il regarda en direction de la porte de l'appentis, de la lune et de la nuit.

– Tu sais, Negro ?... Parfois, je me vois prendre le large. M'échapper d'ici, m'éloigner des humains et courir la campagne, libre, en chassant ce qu'il faut pour me nourrir. Retourner aux racines, quoi. Tu saisis ?... Mener une vie de loup.

– Certains chiens le font.

– Oui, mais sous la contrainte. Abandonnés ou proscrits. C'est difficile de renoncer au confort, si on ne t'y force pas.

– Nous devenons des chiens pépères, je suppose.

Il acquiesça.

– Exact. Nous renonçons aux rêves. À l'aventure. Nous vieillissons embourgeoisés au coin du feu ou près du radiateur d'une maison, en rongeant les pantoufles d'un maître... Parfois, même cela nous est arraché, et nous finissons écrasés sur une route, ou dans un de ces endroits paumés et épouvantables pareils à celui-ci. Comme toi et comme moi.

J'ai fripé le museau, en une moue sarcastique.

– Ou comme l'ami Boris.

Le souvenir du Beau fit pousser un soupir de contentement au dogue.

– Des calamités qui finissent bien... Ouaf, ouaf, fit-il en riant. J'aimerais être tué de cette manière.

Il est revenu à l'aube. Depuis qu'il était parti, je n'avais pas fermé l'œil, occupé à ressasser tout ce que pouvaient me réserver les heures à venir. À peser le pour et le contre, les possibilités de rencontrer Teo à l'Abattoir. Mais aussi celles de vaincre d'autres chiens ou d'être vaincu. Le dogue apparut, furtif comme une ombre, et s'affala près du grillage.

– J'ai appris quelque chose de plus, dit-il.

Nous nous sommes collés contre la grille. La lune avait changé de position et tout était obscur dans l'appentis. Nous joignions nos truffes pour communiquer.

– Tu vas être opposé à un mâtin napolitain de soixante-cinq kilos. Un molosse. Un dur, qu'on appelle Curzio.

– Expérimenté ?

– Tout à fait. D'environ quatre ans et au mieux de sa forme. Il y a six mois qu'il se bat. Un champion.

J'ai froncé la babine. Je n'avais encore jamais vu de molosse de ma vie, mais j'avais entendu Agilulfo aboyer sur leur compte. C'étaient des chiens de combat très brutaux, que l'on employait dans l'antiquité comme gardiens dans les bastions romains. Ils avaient une grande résistance à la douleur.

– Tu vas avoir fort à faire, remarqua le dogue, avec gravité.

– Sais-tu quelque chose de mon ami Teo ?

– Oui... Il est prévu qu'il passe après toi, opposé à un rottweiler.

À l'Abattoir, la journée va être rude, me dis-je froidement. Pour tout le monde.

– Tu peux m'en dire plus, sur ce rottweiler ?

– Redoutable, bien qu'il soit encore jeune. Ce qui peut être un inconvénient ou un avantage, selon l'adversaire... C'est son deuxième ou troisième combat, je crois. Il fait le même poids que toi, plus ou moins, une cinquantaine de kilos humains. On l'appelle Rambo.

– Et qu'as-tu appris d'autre sur mon ami ?

– Je n'ai pas entendu grand-chose de plus. Mais il doit être en bonne forme, parce qu'il a survécu à plusieurs combats, ici. Les enjeux, entre lui et le rottweiler, le donnent favori.

– C'est déjà ça.

– Oui.

Nous nous sommes tus. Le dogue a fini par reprendre la parole.

– Les choses se présentent mal, Negro. Même si dans le meilleur des cas tu sors vainqueur de ton combat et que ton ami le rhodésien gagne le sien, je ne crois pas que vous puissiez vous voir. Du moins cette fois.

J'ai cligné les yeux, pensif. J'avais du mal à mettre mes idées en place et à voir clairement les images qui me venaient à l'esprit, mais mes intentions se dessinaient peu à peu. Un plan s'ébauchait.

– Tout peut arriver, ai-je grogné, totalement absorbé par le futur immédiat. Tout peut arriver.

Ils m'ont fait sortir de la cage à l'aube, alors que le soleil n'avait pas encore paru et que le ciel au-dessus des masures était gris plombé et sinistre.

J'avais eu le temps de me préparer pour ce qui m'attendait, aussi ai-je avancé, obéissant, stoïque, entre les deux humains qui me conduisaient vers une camionnette. J'ai vu au loin la silhouette immobile du dogue, venu me faire ses adieux en silence.

Il s'est alors produit quelque chose de curieux. D'une façon que j'ignore, Radio-Chien s'est mise en marche, comme si les autres prisonniers de la Cañada Negra et de la Barranca comprenaient ce qui se passait et se le communiquaient. Ce fut d'abord un jappement isolé, en manière de question, auquel un autre répondit, et il finit par se former un chœur qui s'amplifia de toute part. Au moins une vingtaine de cabots menaient tapage à l'unisson. L'aboiement courait même parmi ceux qui ne m'avaient jamais vu – tribut d'être une légende, même quand on ne l'a pas voulu. On conduit Negro à l'Abattoir, disaient-ils, ouah, ouah, un combat va avoir lieu et on l'emmène, ouah, Negro retourne se battre. Bonne chance, champion, lançaient les uns ; pourvu que tu crèves, fils de pute, assassin, lançaient les autres. Seul le dogue, qui me regardait de loin, gardait le silence.

Je me suis arrêté, j'ai levé la patte pour lancer un ultime jet de pisse : ma marque, au cas où je n'en reviendrais pas. Negro était ici. Et, pendant que je le faisais, j'ai pensé un instant à tous ceux qui aboyaient. À ces compagnons d'infortune condamnés à une fin infâme : des chiens qui, comme l'avait dit le labrador, avaient peut-être un jour été des chiots choyés, heureux, arrachés à leur rêve confortable par la stupidité et la cruauté humaines et qui, à présent, dans ces cages sales, attendaient leur sort, comme *sparrings* ou comme combattants. Comme chair de lice et de sable sans la moindre valeur ou, dans le meilleur des cas, voués à une destinée de décadence, de misère, de maladie et de folie. Chiens sans maîtres, abandonnés, volés, séquestrés, perdus dans un monde sans pitié. Et pendant que je parcourais le petit bout de chemin entre la cage et la fourgonnette, en les entendant aboyer leur désespoir et leur sort tragique, je me suis rappelé une histoire sur laquelle Agilulfo revenait souvent, quand Teo et moi lapions l'anisée de l'Abreuvoir : elle parlait d'un certain Spartacus, un gladiateur romain ; un lutteur qui s'était révolté contre ses maîtres et avait disparu dans la nature avec ses camarades. Un esclave qui avait su gagner sa liberté avant de mourir en vendant cher sa peau et de finir crucifié, ou quelque chose comme ça.

Alors, on m'a fait entrer dans la camionnette, et j'ai filé vers ma destinée.

Attendre son tour avant un combat à mort est une expérience que l'on n'oublie jamais. N'importe quel chien qui l'a vécue sait de quoi je parle.

Me voir à nouveau dans cette situation faisait défiler dans ma tête des images, de terribles visions que je croyais, jusqu'à ces derniers temps, avoir à jamais laissées derrière moi. Afin d'éviter que les chiens ne soient trop vite excités par la présence des autres, chaque cage était une caisse en bois individuelle, avec un couvercle qui ne laissait rien voir de ce qu'il y avait à l'extérieur. Le lutteur attend son combat sans rien pouvoir deviner de ce qui se passe dehors, sinon par son ouïe et son flair. Et c'était ainsi que je me retrouvais à attendre le moment où l'on me lâcherait dans la lice tandis que tout autour éclaterait la clameur humaine. Tendu, concentré sur moi-même, je respirais profondément et lentement, museau appuyé sur les pattes de devant pour les empêcher de trembler. Parce que le pire de tout, dans l'Abattoir comme dans la vie, ce n'est pas la lutte. C'est l'attente.

D'une patte, j'ai touché la blessure à mon oreille – souvenir de l'entraînement avec le pinscher. Elle était presque refermée et ne me cuisait pas, mais il allait falloir la tenir hors de portée de mon adversaire, qui, quand il la verrait, essaierait de s'acharner sur elle. Pour le reste, j'avais la bouche sèche et l'estomac vide. Soif et faim. Ce qui me martyrisait, mais je savais que ça valait mieux pour moi, parce qu'un estomac et une vessie pleins sont de mauvaise compagnie quand on lutte pour sa vie. Ce qui était sur le point de se produire.

Dans le peu de lumière qui entrait dans ma caisse par les fentes et les trous de ventilation des planches, je pouvais capter certaines indications venues de l'extérieur. La piste de sable était proche – je la connaissais bien, elle était toujours dans le même hangar industriel à l'abandon, où je n'avais vu aucun changement quand j'étais entré –, et d'après les vociférations humaines qui parvenaient jusqu'à moi, j'ai su que l'affluence était grande et que le spectacle avait commencé. Entre les cris, je pouvais entendre les voix des deux chiens qui s'affrontaient : aboiements féroces de fureur, de douleur, de victoire ou d'agonie. L'odorat, je l'ai dit, est le premier des sens chez les canidés, avant l'ouïe, et le mien m'apportait des informations intenses : odeur de sueur humaine, mais aussi animale, de cette écume caractéristique qui couvre l'échine des chiens quand nous nous battons. Mais la dominante était celle du sang.

À l'extérieur éclata une clameur puissante, qui ne cessa de s'élever jusqu'au paroxysme, puis décrut presque jusqu'au silence. Peu après, j'entendis un bruit proche, celui d'un corps que l'on traîne sur le sol, et aussi quelques brefs grognements et les pas d'un chien – qui boitait bas – que l'on allait enfermer de nouveau. En même temps, j'ai capté une double odeur : celle de la mort, qui émanait du cadavre que l'on traînait, et l'odeur de l'immense fatigue du vainqueur, une odeur de sueur et de sang, avant que ne se fasse entendre le bruit du couvercle de la caisse et que le silence ne revienne pour un instant.

Puis, tout à coup, ma porte s'est ouverte et la lumière m'a ébloui tandis que je sentais une laisse s'accrocher à mon collier. Me dressant sur mes quatre pattes, j'ai passé la langue sur mes crocs, pris une inspiration profonde et essayé de vider ma tête de tout ce qui n'était pas lutter et en sortir vivant.

C'était mon combat, enfin. Quelque part dans ma mémoire brouillée, en mon tréfonds gémissait le chiot que j'avais un jour été. Je l'ai laissé là, bien loin en arrière, et je suis sorti de la caisse, en direction de l'Obscure Rive.

Mon heure était venue.

10. Sang et sable

Quand on se bat contre un autre chien, l'important, ce sont les réflexes. Les pulsions naturelles et l'entraînement. La vélocité du déroulement des choses dans le monde canin est telle qu'elle ne laisse pas de temps pour la réflexion. Tout va trop vite. Heureusement, les années que j'avais passées à me battre ne s'effaçaient pas encore de ma mémoire. Je savais d'instinct que je devais protéger mon museau, mes oreilles, mes pattes de devant et mon cou. Que c'étaient là les principales prises que chercherait mon adversaire. C'est ainsi que quand je me suis vu dans le cercle de sable, entouré d'humains vociférants à l'odeur de sueur et de fumée de cigarette, assourdi par leurs cris, j'ai essayé de faire le vide dans ma tête et me suis concentré sur deux consignes simples : me protéger et attaquer.

Dès l'instant où l'on nous a mis face à face, le molosse noir aux pattes marron – à peu près de ma corpulence – que l'on m'opposait et moi avons commencé à nous lancer des abois féroces. Ouah, ouah, ouah. Grrr. Rien que d'habituel. En fait, nous n'échangions pas autre chose que des clichés : je vais te tuer, fils de pute, triple enflure et tout le reste. Je vais t'arracher les couilles à coups de dents. Et cetera. Ce qui est courant, dans ces cas : dialogues machinaux, rituel de combat, routine établie. Je suppose que nous ne pensions même pas ce que nous aboyions.

Après quelques moments d'échauffement, pour donner le temps aux humains de faire leurs paris, ceux qui nous retenaient étaient prêts à nous libérer de nos laisses. Autour de nous, toute cette racaille, cette populace crapuleuse et impitoyable élevait la voix en une clameur assourdissante pour nous encourager à nous écharper. Exigeant sang et mort.

– Allons-y, ai-je aboyé, résigné, au molosse.

– Tu te fais attendre, baiseur de chats.

Il est valeureux, me suis-je dit. Jeune et valeureux. Ça allait être dur.

Là, hormis la rapidité et la violence, aucune tactique n'était bonne à quoi que ce soit. Il ne restait qu'à jouer son va-tout. Aussi, quand j'ai senti que l'on avait libéré mon cou, je me suis lancé contre lui. Mon ennemi avait de larges épaules et une gueule aussi impressionnante que la mienne. La différence, entre nous, tenait dans le fait qu'il devait avoir trois ou quatre ans ; et que moi, lesté de mes huit ans, j'allais bientôt être bon pour la casse. Mais l'expérience est un grade, et un chien en sait plus parce qu'il est vieux que parce qu'il est chien. De sorte que l'équilibre fut trouvé dès le premier assaut, pattes nouées aux pattes, crocs donnant des morsures féroces, yeux exorbités tout près les uns des autres, souffle furieux, chaud et humide de l'autre sur le museau, éclaboussures de bave et de sang. De la chiennerie, comme disent les humains. Dans ces moments suprêmes, on ne sent plus la douleur, seulement une fureur atavique, terrible et, à travers le voile rouge qui couvre le regard, on ne voit plus l'autre que comme un corps à écorcher, détruire, annihiler. Mes gènes antiques, ceux des mâtins qui chassaient les barbares avec les légions romaines ou les esclaves en fuite dans la forêt amazonienne, sont venus à ma rescousse. Bénis soient les aïeux. Grâce à eux, à leur ténacité, et à leur sang dans mes veines, j'ai défendu férocement ma vie, en chien courageux et sans pitié.

Et j'ai vaincu.

Par bonheur, je n'ai pas eu à le tuer. Ou ce n'est pas moi qui l'ai fait. Le molosse s'était battu avec rudesse, ténacité et vaillance, jusqu'à la folie. En cherchant les prises aux endroits où son instinct – les yeux ne servaient plus à rien dans notre corps à corps – lui indiquait que j'étais vulnérable. Mon oreille blessée en a subi les conséquences. Mais à son énergie, à ses violentes attaques et offensives, j'ai constamment opposé ma fermeté inébranlable de vétéran : résister et, quand l'élan de l'adversaire faiblissait ou qu'il s'interrompait pour reprendre son souffle, lui donner des coups de dents qui, sur un chien moins fort, auraient été mortels. J'ai fini par pouvoir l'acculer contre le sol, entre mes pattes, et le prendre à la gorge avec mes crocs en donnant de furieux coups de tête qui menaçaient de la lui déchirer. Soudain, le molosse a poussé une plainte prolongée et gutturale, un grognement d'agonie, et il est resté quasi immobile. De tout près, j'ai vu ses yeux ouverts et suppliants.

J'ai lâché ma proie et reculé, haletant fortement pendant que mon gosier plein de bave et de sang cherchait à reprendre souffle. À la différence des humains, il est rare que les canidés achèvent un ennemi qui se déclare vaincu. Bien que nous, les chiens, soyons ce que nos maîtres font de nous, des héros ou des criminels, et un maître n'est pas toujours à la hauteur de son chien, nous respectons presque tous, exception faite de ceux qui deviennent fous, certaines règles canines. Certains codes, tels que ne jamais s'attaquer aux chiots ou ne pas achever ceux qui se soumettent, par exemple. C'est ainsi que je suis resté immobile, fermement dressé sur mes quatre pattes. J'étais assoiffé et bouleversé, mais le battement effréné de mon cœur s'est apaisé peu à peu. Mes sens ont recouvré leur calme. J'ai entendu grossir les voix des humains, et j'ai vu d'épaisses liasses de billets passer des uns aux autres. Derrière moi, une main m'a tapoté l'échine, satisfaite, mais s'est vite retirée quand, tournant à demi la tête, j'ai lancé dans sa direction un grognement et un coup de dents rancuniers.

Devant moi, le molosse gisait, remuant faiblement les pattes, couvert comme je l'étais aussi de sable collé au poil par la sueur et le sang. Il avait des blessures partout. Pauvre diable. Mes crocs avaient fait du bon travail.

On l'emporta. Deux humains allèrent vers lui et le traînèrent hors de la lice. J'ignorais le sort qui lui était réservé, et il est sûr qu'à ce moment-là il m'importait peu, parce que j'avais à me soucier d'affaires plus urgentes. Peut-être, si ses blessures n'étaient pas trop graves, mon adversaire serait-il soigné et remis sur patte pour d'autres combats. Si, au contraire, il n'était plus utile à ses maîtres, son destin était tout tracé : on l'achèverait d'une balle dans la tête, ou, dans le plus cruel des cas, on l'abandonnerait moribond ou invalide à son sort.

J'ai eu la bouche amère en voyant comment on emportait le molosse. Peu importe comment il a vécu et comment il s'est battu, me suis-je dit. Malgré sa loyauté et sa vaillance, telle était la récompense qui attendait le gladiateur vaincu.

Le moment est alors venu. L'occasion d'exécuter enfin ce que j'avais si longtemps médité. Et ça n'allait pas être facile, bien entendu.

J'ai dit plus d'une fois que je ne suis pas un chien intelligent, et que ma tête, après tant d'années de combats et de confusion, n'est pas un modèle de clarté de jugement. Mais ma race, ou mon mélange de races, est opiniâtre. Un chien n'est jamais qu'une loyauté en quête d'une cause. Donnez à quelqu'un comme moi une idée, ou un maître, ou un objectif, et il s'y accrochera de toutes ses dents. Tenace jusqu'au sacrifice ou à la mort. Comme un couple. Je ne me suis pas accroché autrement, alors, à ce que je ruminais depuis des heures. Bien entendu, je savais que les choses risquaient de mal tourner. Que je pouvais avoir droit à une balle ici même ou être roué de coups jusqu'à ce qu'il ne reste plus de moi qu'un lambeau de chien. Mais c'était mon plan, et je n'en avais pas d'autre.

Quand un humain s'est approché avec une laisse pour me faire sortir de la lice, je me suis tourné vers lui en lançant un aboi d'avertissement, brutal, sauvage. Le meilleur de mon répertoire, et je n'en manque pas. Il s'est aussitôt arrêté, déconcerté, et le silence s'est fait autour de la piste.

L'humain m'a alors insulté dans sa langue – le ton était bien celui de l'insulte, quelque chose comme saloperie de chien de merde –, et il a essayé de s'approcher de nouveau, la laisse prête. Cette fois, je n'ai pas aboyé, mais j'ai plissé mon museau encore sanglant pour bien lui montrer mes crocs, et j'ai accompagné la mimique d'un grognement sourd et prolongé, d'une férocité extrême. Une de ces rumeurs sourdes, menaçantes, dangereuses, sur lesquelles on ne peut se tromper, et qui conseille à celui qui connaît un peu les chiens de rester hors de portée de leurs mâchoires. L'humain à la laisse devait nous connaître assez bien, parce qu'il n'a pas fait un pas de plus. Autour de moi, le silence était comme de l'air. Un air à couper au couteau, tant il était épais.

Brusquement, d'autres jambes humaines sont entrées dans mon champ de vision. Près d'elles pendait l'extrémité d'un nerf de bœuf. Qui s'est levé en vrombissant, mais je connaissais bien ces fouets – en d'autres temps, je les avais sentis sur mon dos – et je m'attendais à ce genre de chose. Ainsi, avant qu'il ne s'abatte sur moi, j'avais pris mon élan et fait un bond en avant, en direction des jambes des humains, qui ont reculé en vitesse. Autour de la piste ont retenti des cris et des rires.

Un cliquetis métallique s'est fait entendre derrière moi. Ça, c'était une autre histoire, et je me suis tourné pour voir, lentement. Et je me suis trouvé face au double canon noir et sinistre d'un fusil de chasse, pointé sur moi.

Il y a des moments, dans la vie d'un chien, où celui-ci joue le tout pour le tout, comme disent les humains. Et ce qui a le plus de poids, dans cet enjeu, c'est notre réputation et nos manières d'être. Nos comportements. Parmi les humains, il y a de tout, des êtres dignes qui nous donnent une éducation, de l'amour et du bonheur, et des misérables dont les vertus ne sont pas à la hauteur de celles d'un bon corniaud : des canailles qui avilissent notre vie et ne nous apportent que tristesse, abandon, solitude, horreur et folie. Parmi ces derniers, les malfaisants, il en est aussi de très différents, de la brute épaisse dont la bestialité surpasse la nôtre, à celui qui a deux doigts d'esprit et peut raisonner intelligemment.

L'homme au fusil était de ceux-là. Intelligent, je veux dire. Ou, du moins, ceux qui l'entouraient l'étaient. Il ne tira pas, mais il s'approcha très lentement, sans cesser de me viser. Comme s'il s'interrogeait. Sachant que ces instruments crachent feu et mort, je suis resté immobile, conscient qu'il n'y aurait ni aboiements ni crocs capables de s'y opposer. Que si je clignais des yeux, j'étais un chien mort. Mais, au lieu de mettre la queue entre les pattes, de la boucler et de me dérober, je suis resté droit et immobile à regarder le double trou noir, sans renoncer à mon grognement de farouche mise en garde. Avec les couilles bien accrochées. Autrement dit, en y allant au bluff : mords-le et n'en démords pas. Ce n'est pas non plus une si mauvaise façon d'en finir, s'il n'y en a pas une autre, me suis-je dit pour me consoler. Je serais arrivé jusque-là, point final. Mieux vaut ça que la fourgonnette verte et l'injection létale à la fourrière municipale. Et je me tenais là, moi, Negro, ferme sur mes pattes, maculé de sueur, de sang et de sable, sans cacher mes crocs menaçants, à un pas de l'Obscure Rive, et presque sûr d'aller bientôt la rejoindre, quand j'ai entendu des cris humains de protestation, des voix qui discutaient autour de la piste. Et alors, pendant que le double trou noir s'écartait de ma tête, on a lâché un autre chien dans la lice.

Mon nouvel adversaire était un berger français – appelé beauceron, je crois –, qui devait avoir dans les cinq ou six ans, long, puissant, d'un bon poids et d'une bonne stature. Ses oreilles étaient tellement taillées qu'on les voyait à peine, et une grande cicatrice encore fraîche lui barrait le museau jusqu'à l'œil droit. Paradoxalement, les chiots de sa race, sympathiques et bien élevés, sont parfaits pour les enfants. Toutefois, leurs vieux et rudes instincts les rendent très agressifs si leurs maîtres ne savent pas les élever ou les dressent pour le combat. Et, d'après toutes les apparences qui chez les chiens ne sont jamais trompeuses, c'était le cas de celui-ci.

Il y avait un humain près du berger bouffeur de grenouilles, qui l'aiguillonnait avec des cris d'encouragement. Je savais, après des années d'expérience, que les chiens de cette race sont particulièrement dépendants de leurs maîtres, et que la présence de ceux-ci pendant le combat les enhardit beaucoup. Il en va ainsi pour la plupart d'entre nous, les chiens de garde et de défense, et même pour les cabots de l'infanterie ; mais dans le cas de ces beaucerons, qui s'attachent trop à leurs maîtres, la chose en arrive à des extrêmes inouïs. Jusqu'à la folie, autant dire. Sous le regard d'un maître, quand il entend sa voix qui l'encourage, un berger de Beauce luttera immanquablement sans répit, jusqu'au comble de sa loyauté, le sacrifice de sa vie. Et ce chien était de ceux-là.

C'était aussi un professionnel, bien entendu. Plus encore que le molosse qui l'avait précédé. Il savait bouger, et il savait attendre, prudent. Il était plus dégrossi que le chien de *Gladiator*. Il n'aboyait pas, et nous nous sommes tous les deux regardés de loin, poil hérissé, en nous calibrant soigneusement l'un l'autre. Le silence s'était fait tout autour de la piste, et l'on n'entendait que notre grognement sourd, prolongé et féroce. Notre menace mutuelle et notre serment de nous battre jusqu'à ce que mort s'ensuive. Dans cet affrontement, on ne ferait pas de quartier.

– Considère-toi comme mort, espingouin frimeur, gronda le bouffeur de grenouilles, tout bas, mais clairement.

– Avant ça, tu vas me sucer le dard, franchouillard de merde, ai-je répondu.

Il cligna des yeux, perplexe.

– Le dard ?

– La bite, demeuré.

Soudain, par-dessus le silence des humains se fit entendre la voix de son maître. Un appel initial retentit, puis une succession d'ordres. Je suppose, ou plutôt je sais ce qu'ils voulaient dire : vas-y, attaque, mon caïd, vas-y, pas de pitié, fonce, ne me fais pas honte, c'est ça, bon chien, bon chien. J'avais entendu de pareilles voix dans le passé, qui s'adressaient à moi. Nul, s'il n'est pas un chien, ne peut imaginer le frémissement de loyauté et de fierté qu'elles donnent quand on se bat ; mais il n'y avait plus personne, à présent, pour me lancer de tels encouragements.

Personne ne me soutenait. J'étais seul dans l'Abattoir, sans maître ni amis. Seul avec mes crocs et mon cran. Et je sus avec certitude que si je ne tuais pas le Français, il me tuerait.

Je n'abonderai pas en détails. En réalité, depuis que notre monde – celui des mammifères carnivores – existe, il n'y a jamais eu qu'un seul et même combat, et toujours le même désespoir fou et perpétuel. Coups de dents et sang. Monotonie biologique du rester en vie et de se battre pour ne pas la perdre. Appel de la forêt. Siècles de mémoire et d'horreur concentrés en une minute de violent corps à corps, avec pour guide l'instinct combatif qui, dans le passé, a permis aux chiens et aux humains de survivre là où d'autres espèces, comme disait Agilulfo, ont raté le coche de la perpétuation. Et moi, je savais me battre.

Les hasards de la génétique, ou de quoi que ce soit d'autre, m'avaient doté d'un tel instinct. J'avais la force, la férocité, les conditions physiques. L'ardent désir de vivre encore un peu. Et j'en ai une nouvelle fois fait la démonstration.

Le mangeur de grenouilles était très bon à l'assaut, mais mou à le soutenir. J'ai tout de suite senti que son efficacité reposait sur l'attaque initiale, la violence avec laquelle il se précipitait sur l'adversaire, en l'écrasant de toute sa vigueur et de toute sa férocité. Mais j'étais un vieux chien. Capable de supporter la douleur, d'attendre l'engagement et de réserver ses forces pour le moment où l'autre fléchirait pour la première fois. Il en alla ainsi, et ce fut ce que je fis. Quand il constata que je ne m'effondrais pas sous sa charge, mon ennemi hésita un instant et s'arrêta pour reprendre haleine, afin de poursuivre son harcèlement. Mais c'était là que je l'attendais. Sans lui laisser le temps de se remettre, je suis à mon tour passé à l'attaque. Directement sur sa gorge, en évitant de faire parade de prises classiques sur les oreilles et le museau. À dents nues, expéditif et mortel. Et j'ai eu le temps de voir les yeux exorbités de ce malheureux quand j'ai planté mes crocs dans sa jugulaire, serré les mâchoires de toutes mes forces, avant qu'un jet de sang bouillant ne me gicle à la figure et ne m'aveugle.

J'ai essuyé mes yeux d'une patte et regardé autour de moi, méfiant. Le berger français gisait sur le sable, se vidait de son sang dans les dernières convulsions. Autour de la piste, les cris étaient assourdissants. J'ai levé les yeux pour lire mon destin dans le regard des humains qui m'observaient, mais je n'y ai vu qu'admiration et stupeur. Ils n'osaient même pas venir enlever le chien agonisant. Il s'était formé un cercle de vide, de peur, peut-être. Et ce n'était pas pour rien, compte tenu de l'aspect que je devais présenter à ce moment-là, planté au milieu de l'arène : grand et noir, encore secoué par le combat récent mais ferme sur mes quatre pattes, tête levée et crocs découverts sous la babine rougie, couvert de sueur et de sable, le sang gouttant des blessures qui lacéraient mon poitrail et ma tête. Ils devaient voir en moi le diable en personne.

Il y eut, à la fin, une nouvelle tentative de me faire quitter la piste. Deux humains s'approchèrent de moi avec force précautions, tenant en main un nœud coulant de fil de fer qu'ils avaient l'intention de me passer autour du cou ; mais ils ne purent s'approcher à plus de cinq pattes de moi. Un long grognement rauque et menaçant suffit à les arrêter sur-le-champ et à les faire reculer sans renouveler la tentative.

Tout autour, les humains discutaient à grands cris, et je sus qu'ils décidaient de mon sort. J'ai revu le fusil dans les mains de l'un d'eux, mais cette fois il n'était pas pointé sur moi, il pendait pour le moment, dépourvu d'importance.

Tout le corps me cuisait, et j'étais très fatigué. J'aurais aimé me coucher là et dormir pendant des nuits et des jours, des années et des siècles. Le sang cognait dans les veines de mes pattes et à mes tympans, d'où partait un bourdonnement qui pénétrait jusqu'aux moindres replis de mon cerveau. Et je compris que je n'allais plus pouvoir tenir bien longtemps. Que la porte de mon sort, dont j'avais tellement abusé, se fermait lentement, et que le guide canin qui accompagne les âmes des chiens morts passait tout près de là, remuant la queue avec sollicitude, prêt à me conduire jusqu'à l'Obscure Rive.

Joignant mes dernières forces à ma dernière volonté, j'ai fini par fermer les yeux et à hurler. Museau levé à la manière des aïeux, j'ai poussé un long cri de bravoure et de défi. Je suis Negro, je sais me battre, et je sais mourir. Je suis là pour mourir en tuant.

Alors, j'ai rouvert les yeux et vu qu'on me lançait un nouveau chien dans l'arène. Et que ce chien était Teo.

11. Teo et Negro

C'est à peine si je l'ai reconnu. On lui avait taillé les oreilles et la queue, et il semblait très maigre et musculeux. Son poil fauve était rasé partout, et sur la peau du dos, de la poitrine, sur les pattes et le museau il avait des marques et des cicatrices récentes. Mais ce sont ses yeux que j'ai eu le plus de peine à reconnaître : ils avaient toujours été marron sombre, avec des reflets dorés – des reflets dont Dido était folle –, et ils semblaient à présent avoir changé de couleur, comme si les choses vécues et les horreurs vues au cours des dernières semaines en avaient fait deux pâles et froids cercles de givre, qui regardaient le monde et me regardaient comme si plus rien n'avait de consistance réelle.

– Teo, ai-je aboyé.

Il me regardait, inexpressif, indifférent. On aurait dit que ce regard, tourné vers l'infini ou le néant, était dépourvu de tout sentiment.

– Tu me reconnais ? ai-je insisté.

Sa seule réponse a été l'immobilité et le silence. Et cet étrange regard. Où, ai-je constaté, il n'y avait même pas de désir d'affrontement, ni de défi. Mais pas non plus le moindre signe qu'il m'eût reconnu. Fixes et lointains, les deux cercles de givre posés sur moi semblaient ne pas me voir, ou me traverser pour aller se perdre dans le plus absolu des vides. Derrière eux, il n'y avait rien.

– C'est moi. Negro, ai-je de nouveau aboyé.

Il a enfin cligné des yeux, comme si mon aboiement lui transmettait l'écho lointain de quelque chose. Mais ce ne fut qu'un instant, et son regard redevint opaque. Autour de nous, tout le monde se taisait. On n'entendait même pas les voix des parieurs.

– Teo, ai-je répété.

Il a fini par sortir de son immobilité, s'est approché un peu plus, en faisant un léger détour pour éviter le cadavre du berger français, auquel il n'avait même pas jeté un regard. Nous étions maintenant à cinq pattes l'un de l'autre, et aucun humain ne nous retenait. Jusqu'à ce moment-là, Teo n'avait pas une seule fois aboyé ni grogné.

Alors, il est devenu tendu. Je connais les signes que présente le chien prêt à attaquer, et il était sur le point de le faire. Un frisson m'a parcouru tout entier. Teo avait un peu baissé la tête et montrait les crocs.

– Je suis venu jusqu'ici pour toi, lui ai-je dit. Pour te chercher.

Il ne semblait pas écouter, même pas m'entendre. Tout à coup, il s'est élancé en avant sans émettre le moindre son, dans un silence atterrant. Il s'est jeté sur moi avec une soudaine férocité inouïe, en se propulsant avec son train arrière, et son premier coup de a bien failli m'atteindre. J'ai fait un bond de côté, en rameutant les forces qui me restaient, et j'ai réussi à l'esquiver.

– Je t'en prie, mon ami, ai-je supplié.

J'ai entendu son souffle violent et cadencé. Nous nous déplacions légèrement en demi-cercle, en nous étudiant. Moi le suppliant encore du regard, et lui pointant sur moi ses yeux froids d'assassin.

– C'est Negro, mon ami. Tu ne me reconnais pas ?

Il s'est immobilisé, son regard vide rivé sur moi. Je n'ai pas été capable de deviner en lui quoi que ce soit. Alors, il a bondi de nouveau et, cette fois, nous nous sommes noués en une étreinte mortelle et sauvage, ses crocs me mordant partout et moi, mon instinct de conservation enfin réveillé, mordant et me battant à mon tour. Autour de la piste a éclaté une clameur humaine assourdissante, mais qui n'avait plus la moindre importance. Nous étions, Teo et moi, seuls face au monde, unis dans un embrassement mortel, luttant pour nos vies. Gladiateurs sans avenir, sans patrie et sans maître.

Un instant, nous nous sommes séparés, lacérés et sanglants. Je n'en pouvais plus. C'était mon troisième combat et j'étais à la limite des forces qui me restaient. Tout à coup, j'ai éprouvé une fatigue profonde, moins physique qu'intérieure. Un insondable désir d'en finir. Tout, autour de moi, s'obscurcissait lentement, et j'ai compris que le lutteur que j'avais été jusqu'alors me quittait. Il ne restait qu'un clébard fatigué, vidé, avec des envies de se coucher et de connaître le repos. Peut-être, me suis-je dit, Teo est-il le chien parfait, pour ça. Ma porte de sortie.

– Finissons-en une bonne fois, ai-je aboyé.

Il s'est de nouveau jeté sur moi, crocs découverts et, cette fois, en le voyant venir, au lieu de me défendre, j'ai hoché la tête d'un côté à l'autre en restant sur place, figé. L'impact de son corps m'a renversé sur le dos, et j'ai senti sa gueule chercher ma vie. C'est mieux ainsi, me suis-je dit, sonné. C'est mieux ainsi que jeté agonisant dans un terrain vague, ou achevé d'un coup de feu ou d'un coup de bâton par ces fils de pute d'êtres humains. C'est mieux, entre les dents de celui qui fut mon ami.

– Dido, ai-je murmuré avant de me résigner à l'obscurité. Rappelle-toi, Teo... Dido t'attend.

Alors, brusquement, j'ai senti sa gueule s'immobiliser. Il n'arrivait plus à serrer les mâchoires pour le coup de dents mortel. Ses yeux étaient tout près des miens, et j'ai vu en eux un éclair de chaleur s'ouvrir un passage dans le givre clair qui les gelait. Un clin d'œil de lucidité et de reconnaissance. Il est resté un moment comme ça, collé contre moi, à souffler son haleine altérée sur mon cou et mon museau. Et le givre s'est mué en éveil. En saisissement soudain.

– Negro, a-t-il grogné.

Je l'ai vu s'écarter de moi et faire lentement deux ou trois pas en arrière. Comme si, de là, il pouvait mieux me reconnaître. Je me suis relevé sur mes pattes à grand-peine. Nous nous sommes regardés, intensément. Enduits de sueur et d'écume de sang, couverts de sable collé à notre peau. Étrangers aux cris autour de la lice, aux voix et aux insultes des hommes qui continuaient à parier entre eux, tout en nous encourageant à poursuivre notre combat mortel.

– Que fais-tu ici ? m'a demandé Teo.

– Je suis venu te chercher... Tu as été capturé en même temps que Boris le Beau... Tu te rappelles ?

Il secoua la tête, hébété. Il ne semblait pas vraiment s'en souvenir, et c'était à peine si le nom de Boris lui avait fait un effet.

– Dido, dit-il, pensif.

– C'est ça. Dido et tes autres amis... Agilulfo, Margot... Tu nous manques, à l'Abreuvoir.

– Boris, dit-il soudain, comme s'il s'en ressouvenait.

– Tu y es.

Il secoua de nouveau la tête. Pour chercher, semblait-il, à se débarrasser des brumes qui l'étourdissaient.

– Tu t'es laissé attraper pour venir ici ?

– Plus ou moins.

Il me regardait, incrédule.

– Pour moi ?

Je n'eus pas le temps de répondre. La clameur des humains passait de l'exaltation au dépit et à l'indignation. Elle devenait furieuse. Les parieurs protestaient, déçus, à nous voir ainsi, passifs, aboyer tout bas et grogner entre nous sans une once d'agressivité. Deux humains entrèrent dans l'arène. L'un frappa Teo sur le dos avec un nerf de bœuf, l'autre vint vers moi, prêt à passer à mon cou un lacet en fil de fer. J'ai poussé un profond soupir.

– Ils veulent qu'on se batte, camarade.

Teo m'a regardé, un instant absorbé en lui-même. Puis il a soufflé, en montrant la langue entre les crocs. La grimace m'a presque fait aboyer de plaisir. C'était une expression que je connaissais bien : celle avec laquelle, en des temps plus heureux, nous nous moquions du monde et de la vie. Sa façon de rire. Alors, j'ai compris que Teo était redevenu celui de l'ancien temps. Après sa longue traversée des enfers, mon ami était de retour.

– Alors, donnons-leur du combat, mon frère, répondit-il.

Et nous nous sommes remis à l'heureux désastre. Et comment. Jamais notre élan n'avait été si sauvage. Jamais notre fureur si désespérée et vindicative. Là, dans l'Abattoir, il n'y avait plus des maîtres, mais des ennemis. Notre loyauté ne nous attachait à aucun d'entre eux. Tout nous était proie légitime et chair où planter les dents. C'est ainsi que nous nous sommes lancés contre cette chair humaine et ces yeux qui brusquement nous regardaient avec épouvante. Nous l'avons fait en mordant et en déchirant, en hurlant notre courage et notre fureur, tandis que nous nous ouvrions un passage en direction de la sortie. Dans le tumulte du carnage, je me rappelle le double trou noir du fusil un moment braqué sur moi, avant que Teo ne prenne en tenaille dans ses mandibules un des bras qui le tenaient et que j'emporte au passage, d'un coup de crocs, la moitié de la gorge de l'humain qui m'avait visé.

Puis nous sommes sortis dans la nuit, la gueule trempée de sang humain au goût métallique, glorieusement fatigués de mordre et de tuer, de régler nos comptes avec cet impitoyable monde bipède, si étranger aux dures mais justes lois naturelles. Et tandis que nous courions, nous éloignant d'un Abattoir qui, jamais mieux qu'en cette occasion n'avait mérité son nom, nous respirions avec un violent plaisir l'air frais de la nuit, qui lavait nos poumons, revigorait nos sens et nous faisait de nouveau nous sentir vivants et libres.

Teo et moi étions les seuls combattants survivants de cette nuit. Ce qui a fait l'objet de quelques aboiements entre nous quand, à distance suffisante de l'Abattoir, nous nous sommes enfin arrêtés pour souffler un peu. La lune s'était levée et nos silhouettes se découpaient sur sa pâle clarté au sommet d'une colline.

– Où allons-nous ? a demandé Teo.

– On rentre chez nous, ai-je dit, en ville… Où voudrais-tu aller, sinon ?

– Chez nous…, a-t-il répété, songeur.

– Évidemment.

Pendant un moment, il a gardé le silence. Je ne pouvais voir son expression, mais je l'ai senti absorbé dans ses pensées.

– Il ne reste plus un seul de nos compagnons, a-t-il fini par dire.

– Excepté toi et moi, ils sont tous morts.

Il réfléchit encore un moment.

– À la Cañada Negra et à la Barranca, il y a d'autres chiens… Une vingtaine.

J'ai hoché la tête. Je n'y avais pas pensé.

– Mais ce n'est pas notre affaire, Teo.

– Tu te trompes, aboya-t-il sur un ton étrange. Ça nous regarde.

J'ai longuement rivé mon regard sur lui. La clarté de la lune accentuait encore la maigreur de son corps rasé et dur. Ses yeux luisaient dans la pénombre.

– Tu veux aller là-bas ?

Il a ri tout bas, entre ses dents. Plus qu'un rire, c'était un grognement cruel.

– Libérons nos compagnons, a-t-il dit. Et réglons leur compte aux ravisseurs. Œil pour œil et croc pour dent.

J'ai frémi en l'entendant.

– Pas de quartier ?

– Bien sûr que non.

J'ai incliné la tête, sans le lâcher des yeux.

– Je te croyais rassasié de vengeance, mon ami.

– Ma soif est bien trop grande.

– La justice des humains finira par les rattraper, je suppose.

– Comparée à la nôtre, la justice des humains ne vaut pas un pet de lapin.

J'ai considéré la chose d'un peu plus près. Le souvenir des malheureux *sparrings* attendant leur triste sort dans des cages m'a beaucoup ému. Mais je n'étais pas à court d'objections.

– Il y a aussi des petits d'humains, là-bas.

– Je ne vois pas de différence... Quand ils auront grandi, ils seront comme leurs parents.

La froideur avec laquelle il avait dit ça m'a surpris.

– Il y a aussi de bons maîtres, ai-je rétorqué.

– À la Cañada Negra ?

– Je ne sais pas, ai-je fait en me grattant une oreille, un peu confondu. En ville, non ?... En d'autres endroits.

– C'est ça mon endroit, maintenant... C'est là qu'on m'a mis. Je n'en connais pas d'autre.

Nous nous sommes touché le museau. J'ai senti sa truffe, froide comme la mort.

– Oublions ça, Teo.

– Ouaf, ouaf... Ne me fais pas rire, Negro, a-t-il dit, avec ce même ricanement qui ressemblait à une lamentation. Petits ou grands, tuons-en autant que nous le pourrons, comme nous l'avons fait à l'Abattoir, et que le Grand Chien, ou leur Dieu à eux, sépare les bons des méchants.

J'ai frémi. On le sait, je suis un chien dur. Avec ses cicatrices dans la chair et dans la mémoire. Mais ceci surpassait ma dureté. Et aussi ma capacité de compréhension. Jamais je n'ai été, dans le genre d'Agilulfo, une tête pensante de la violence canine. Mon truc, à moi, a toujours été la violence tout court. Mais j'ai senti qu'en ce qui concernait Teo il en allait autrement.

– Tu n'étais pas comme ça avant, ai-je dit, interloqué.

– Je ne me rappelle plus comment j'étais, mais je sais comment je suis à présent. Je sais ce qu'ils ont fait de moi. Il se tut, et fit un mouvement d'impatience. Tu viens ?

Il descendait déjà le versant de colline, telle une ombre sinistre. Tel un loup qui, poussé par la faim, prend le chemin de la vallée après avoir laissé ses petits dans la tanière. Mais Teo ne laissait aucun chiot derrière lui, et ce qui l'animait était la vengeance.

– Attends, ai-je fait, résigné. Je viens avec toi, oui. Mais, cette fois, je ne tuerai pas d'humains. Je t'aiderai, en attaquant. Mais sans tuer.

Il eut le même rire qu'un peu plus tôt. Sinistre et obscur.

– Ne t'inquiète pas. Je le ferai, moi… Et je suis sûr que dans les cages il n'en manquera pas pour me prêter patte forte.

Teo avait raison. Il n'en manqua pas pour l'aider.

Nous sommes entrés dans la Cañada Negra avec prudence, à couvert sous la voûte nocturne comme des commandos canins. Au détour d'une cage, je suis tombé sur le dogue gardien, qui est resté cloué sur place en me voyant là, à cette heure, vivant et remuant la queue. Je lui ai raconté ce qui s'était passé pendant que Teo nous regardait, d'une certaine distance, à la lumière de la lune. Et je lui ai également dit ce qu'il allait se passer.

– À toi de choisir ton camp, ai-je conclu.

Il a réfléchi un moment. Son dilemme sautait aux yeux, même dans la semi-obscurité. Rester loyal à des maîtres qu'il n'aimait pas, ou risquer sa peau pour suivre deux professionnels comme Teo et moi. En principe, le choix s'imposait, mais je dois dire à son honneur qu'il a mis un bon moment à s'en convaincre.

– Ce sont mes maîtres, souligna-t-il.

– De la racaille criminelle, opposai-je. Qui vend de la drogue aux malheureux de leur espèce, séquestre des chiens et les envoie à l'Abattoir... Indignes de ta loyauté. Indignes d'être respectés par un chien.

– Mais ce sont mes maîtres, merde.

J'ai poussé un soupir.

– Eh bien, décide-toi, collègue. Meurs en alertant tes maîtres ou joins-toi à nous.

Il réfléchit encore un peu.

– On ne vit jamais trop, remarqua-t-il.

– C'est ce que je pense.

– Continuer à trousser la queue a ses avantages.

– Nombreux.

– Et pour vivre comme ça, mieux vaut ne pas mourir.

– Tu me l'ôtes de la bouche.

– D'accord, fit-il se décidant enfin. Je suis avec vous, mais je n'attaque personne… J'ouvre les cages, si vous voulez, mais rien de plus.

– Ça ira comme ça, dit Teo. Combien y a-t-il d'humains dans les baraques ?

– Deux familles. Une vingtaine, en comptant quatre ou cinq de leurs petits pleins de morve.

– Ils sont armés ?

– Le nécessaire. Deux fusils à canon scié, des couteaux et quelques trucs comme ça.

– Eh bien, allons-y, il se fait tard.

Nous nous sommes mis à la tâche. Le dogue est allé ouvrir les cages avec ses pattes et son museau, comme il l'avait promis. Pendant ce temps, Teo et moi nous sommes approchés des baraques et postés devant elles, dans l'obscurité.

– Quand les nôtres se mettront à aboyer, les humains sortiront pour voir ce qu'il se passe, grogna tout bas mon compagnon.

Nous avons attendu encore un peu, immobiles et contractés. Un peu plus loin, un chien a aboyé. Puis un autre l'a fait, et un chœur assourdissant d'aboiements a éclaté comme un coup de tonnerre sur la Cañada. Une grosse douzaine d'ombres noires s'est mise à courailler de toutes parts, vociférante et bruyante. Heureuse. Hurlant sa liberté.

Alors, des lumières se sont allumées dans les masures, les portes se sont ouvertes, des humains sont sortis avec des lampes de poche, et Teo et moi nous sommes jetés sur eux.

12. Sans loi ni maître

Les premières lueurs du jour nous ont éclairés tandis que nous courions dans les collines, loin de la ville, et qu'un ciel roux et doré se reflétait dans le cours sinueux du fleuve. Nous étions une vingtaine de chiens qui nous éloignions de la Cañada Negra, en laissant derrière nos queues un spectacle de désolation et de mort. Il y avait même, à une certaine distance, de la fumée qui montait parce que dans la mêlée – la boucherie, en ce qui concernait Teo –, un brasero renversé avait mis le feu à l'une des baraques.

Nous nous sommes arrêtés au sommet de la dernière colline, là où un sentier descend en direction du fleuve et rejoint la route qui conduit aux ponts et à la ville. Notre groupe était constitué de races diverses : labradors, setters, braques, chiens au pedigree sélect et bâtards des rues, de différentes sortes et tailles, des mâles et des femelles. Les uns volés à leurs maîtres, les autres capturés en pleine campagne ou sur les chemins, après avoir été abandonnés. Il y avait également là Boris le Beau et ses trois nanas. Nous nous sommes tous rassemblés sur le coteau, pour voir le soleil se lever de l'autre côté de la ville. De là, nous sentions les effluves de la pollution, nous entendions la première rumeur du trafic routier qui se mettait en branle et, autour et derrière nous, nous fleurions les odeurs naturelles de la campagne, le parfum du thym, du genêt et de la résine. Une douce brise agitait les branches des peupliers, dont le revers clair des feuilles semblait luire, sous cette lumière.

C'est alors que s'éleva un concert d'aboiements, les uns heureux, les autres soucieux. Certains de nos compagnons, qui avaient été volés à leurs maîtres, s'impatientaient et voulaient filer à toute allure les retrouver. D'autres, plus prudents ou avertis, spéculaient sur les dangers qui pouvaient les guetter en chemin, en particulier la route où l'on risquait de se faire renverser, et aussi les humains animés de mauvaises intentions, les nœuds coulants de la fourgonnette verte qui patrouillait dans les rues. Ils ne voulaient pas aller de la pluie à la grêle. Il y avait aussi ceux qui, conscients de ce qui s'était passé : la tuerie de la Cañada, à laquelle peu d'entre nous avaient participé – presque tout, en fait, avait été l'affaire de Teo, pendant que je me battais sans achever personne, en essayant d'épargner les petits des humains –, pensaient aux conséquences que cela pouvait avoir pour nous.

Pendant que tout n'était qu'abois et arguments contradictoires, je regardais Teo. Maigre et musculeux, comme je l'ai dit, rasé, avec ses cicatrices et ses oreilles coupées qui accentuaient son apparence redoutable et féroce, mon ami restait muet, un peu à l'écart, à écouter le concert de jappements de nos compagnons d'aventure. Au bout d'un moment, je me suis approché de lui. Curieux.

– Et maintenant, Teo ?

Il a tardé à me répondre. Il me regardait un peu comme il l'avait fait à l'Abattoir, quand nous nous étions trouvés face à face, avec des yeux redevenus clairs et froids, dans lesquels se reflétait la lumière du jour naissant. Enfin, il a un peu plissé le museau où le sang humain coagulé formait une croûte, montré la langue entre les crocs et s'est composé un sourire. Mais son expression n'avait rien d'aimable, elle était plutôt distante. Cruelle.

– Je reste ici, m'a-t-il dit.

Il m'a fallu un moment pour avaler ça.

– Tu as une maîtresse, Teo, ai-je argumenté. Une maison... Je suis allé te chercher pour t'y ramener.

– J'ai dit que je restais ici. Je n'ai ni maîtresse ni maison.

J'ai avalé ma salive.

– Et Dido ?

Son sourire s'est élargi, est devenu encore plus cruel et amer.

– Tu sauras lui expliquer ça, a-t-il dit. Ou tu ne le sauras pas, mais peu importe.

Il regardait les autres chiens, qui se regroupaient tout en discutant, aboyant et remuant la queue. Parmi eux, près de son harem canin qui ne se séparait pas de lui, Boris le Beau nous observait de loin, un peu honteux, sans oser nous adresser la parole, tout en griffant la terre d'une patte. Quand sa cage s'était ouverte, à la Cañada Negra, il s'était contenté d'en sortir en courant et de regarder l'échauffourée de loin. Le béguin des filles n'était pas précisément un héros de guerre. Le dogue gardien, qui avait comme tous les autres pris le chemin de la liberté, vaguait par là, lui aussi. Teo resta un bon moment à les contempler, méditatif.

– Tu te rappelles ce que nous a raconté un jour Agilulfo ? demanda-t-il soudain. Sur ce gladiateur romain qui s'était soulevé contre ses maîtres ?

– Oui, dis-je. Un certain Spartacus, il me semble.

– C'est possible. Je ne m'en souviens pas bien. Mais il s'était enfui dans la campagne, et il se battait contre ses anciens maîtres en soulevant des milliers d'esclaves, qui le suivaient.

– Rien de pareil n'arrive plus, Teo... Et puis, ce sont là des affaires d'humains.

Il me lança un regard sarcastique.

– Tu en es sûr ?

J'ai regardé nos compagnons avec un certain scepticisme.

– Je sais où tu veux en venir. Mais les temps ont changé, comme je le disais. De nos jours, les humains ont les moyens d'en finir avec n'importe qui en quelques jours.

– Il se peut que oui, et il se peut aussi que non, fit-il en regardant autour de lui, avant de pousser un profond soupir. Il y a encore des campagnes, des bois et des montagnes où une troupe résolue pourrait trouver refuge. Des rivières où se désaltérer, des brebis à attraper, du bétail à chasser pour se nourrir... Des endroits où être libres, comme nos cousins les loups.

– Les loups sont des professionnels, ils connaissent leur affaire. Ils n'ont jamais fait autre chose de leur vie, et ils ont ça dans le sang... Mais nous, les chiens, surtout ceux des villes, et c'est notre cas, nous sommes habitués à une existence plus douce : croquettes, pâtées et tout le reste.

– Douce jusqu'à ce qu'elle cesse de l'être.

J'ai regardé longuement et avec attention ses yeux froids. Son étrange demi-sourire.

– Spartacus et ses émules, ai-je objecté, ont fini dans le chenil municipal de ce temps-là, celui des Romains ou de qui sait d'autre. Ils ont tous été sacrifiés. Point final.

– Peut-être. Ou sans doute, oui. Mais en attendant que ce moment arrive, ils ont été libres... Sans loi ni maître.

Nous avons continué de nous regarder dans les yeux, tout près l'un de l'autre. Soudain, j'ai senti une immense peine monter de ma poitrine à ma gorge, et à mes yeux, comme quand j'étais un chiot et que la solitude m'oppressait. L'angoisse de la vie.

– Je n'irai pas avec toi, Teo.

– Je le sais.

Il s'est détourné de moi pour se diriger vers le groupe des chiens.

– Veille sur Dido, mon ami, a-t-il dit sans me regarder.

En arrivant parmi les autres, qui lui ouvrirent un passage avec un extrême respect, il monta d'un bond sur un rocher. Il semblait majestueux, splendide, avec ses cicatrices et son aspect de lutteur. Avec ses babines et ses pattes couvertes d'une croûte brune de sang humain, il était l'image même du guerrier indomptable.

– Écoutez-moi, chiens ! hurla-t-il.

Et c'est ainsi que je le reverrai toujours, droit, arrogant et libre, entouré de clébards qui l'acclamaient. Découpé sur ce ciel de plus en plus doré et lumineux.

Huit mois plus tard, je sortais de l'Abreuvoir de Margot en compagnie d'Agilulfo et de Mórtimer, le teckel, quand nous avons rencontré Fido, le chien policier.

– Vous avez su, pour Teo, je suppose, nous dit-il.

Nous l'avons regardé, surpris. On n'avait plus aucune nouvelle de mon vieil ami. Tout ce que nous savions, c'était que, suivi par la plupart des chiens libérés, il était allé chercher refuge dans les montagnes. Nous n'étions qu'une demi-douzaine à être revenus en ville. Les autres, y compris Boris le Beau et son harem, ainsi que le dogue métissé, étaient partis avec lui et avaient formé une bande sauvage, peu à peu grossie par l'arrivée d'autres proscrits abandonnés ou fugitifs. Avec le temps, cette meute était devenue plus nuisible qu'une horde de loups. Une sorte de dangereuse guérilla canine. Souvent nous parvenaient, du monde des humains, des informations sur leurs raids : journaux froissés avec des photos, images entrevues à la télévision, chez nos maîtres ou dans les boutiques d'électroménager avec vitrine sur rue. Des chiens sauvages causent des ravages, disait-on. Des bandits de grand chemin à quatre pattes dévastent la campagne. Éleveurs, bergers et autres protestent. Images de chevaux, de génisses et de brebis déchiquetés, bergeries et étables ensanglantées. Des chiens ensauvagés sèment la terreur, etc.

– Qu'en est-il de Teo ? ai-je demandé.

– Son heure est venue, comme pour tout le monde. On a fini par le capturer.

J'ai senti mon cœur s'arrêter.

– Comment ça s'est passé ?

– La police rurale des humains, leur gendarmerie, leur a tendu un piège. Ils en ont attrapé plusieurs, en train de s'attaquer à une bergerie. Ils étaient en plein banquet quand on leur est tombé dessus. Teo était parmi eux… C'était le meneur, bien sûr.

J'écoutais, stupéfait.

– Il s'est laissé prendre vivant ?… Ça m'étonne.

Fido a haussé la queue.

– Apparemment, ils l'ont coincé dans un endroit sans issue… Les gendarmes ont été rapides, il n'a eu le temps de rien faire avant de se retrouver avec un lacet au cou. Il a été capturé avec quelques autres.

– La poisse, a dit Mórtimer, avec peine.

Le chien policier a hoché la tête.

– Tu l'as dit. Vous pouvez vous imaginer ce qui l'attend, si ce n'est pas déjà arrivé... Chenil, piqûre et bon pour dormir du sommeil éternel... J'imagine qu'à cette heure, avec ses collègues, il doit être en route pour l'Obscure Rive.

– *Dulce et decorum est pro canis libertas mori*, a alors dit Agilulfo, grave, avec solennité.

– Qui mène une mauvaise vie fait une mauvaise fin, a traduit Fido à sa manière.

Agilulfo a haussé un sourcil, mécontent, doctoral.

– Ce n'est pas exactement ce que j'ai dit.

– Bon, c'est ce que je dis, moi, d'accord ?... Teo était bon pour l'injection municipale.

– Pauvre garçon, a fait Mórtimer. C'était un grand chien.

Agilulfo lui a adressé un regard de reproche philosophique.

– Pauvre, dis-tu ?... Teo ?... Pas le moins du monde. Réfléchissez un peu. Il a été heureux pendant huit mois, à courir par monts et par vaux. Comme il le voulait : librement. Un maquis canin. Avec ses camarades chiens.

– Et ses camarades chiennes, a encore fait remarquer Mórtimer en se léchant le museau. Qui ne doivent pas avoir été de mauvaise compagnie, pendant tout ce temps.

Le chien policier a approuvé.

– Ça oui, bien sûr, a-t-il admis, équanime. Il savait y faire avec elles.

– Et comment. Un vrai tombeur. Une idole de cinéma... À côté de lui, Rudolph Caninino n'était que de la petite bière.

– Alors, imaginez-le un peu en pleine nature, est intervenu Agilulfo, entre pins et torrents cristallins, style bucolique, et lui en meneur... Il doit en avoir profité jusqu'à plus soif.

– Je l'espère, et il a bien fait.

Tous les trois ont interrompu leurs aboiements pour me regarder, tout à coup hésitants, parce que je n'avais pas ouvert la bouche et n'avais pas non plus une tête à vouloir le faire. Un silence gêné a suivi.

– Bon, Negro, je suis désolé, a fini par murmurer Fido, comme s'il avait enfin saisi et me présentait ses condoléances. Je sais que vous étiez très proches. Je sais...

Il s'est arrêté là. Tout le monde canin de la ville était au courant de ce qui s'était passé à l'Abattoir et à la Cañada Negra. Et du rôle que j'y avais joué. Mais j'ai déjà dit que ce clebs, bien que policier et peu malin, n'était pas un mauvais bougre.

– À la prochaine, a-t-il fait en s'en allant.

– Bon service, lui a souhaité Mórtimer.

– Merci, a répondu Fido, qui tout à coup a eu l'air de se rappeler quelque chose. Le bonjour de ma part à Dido, Negro. ...Comment va-t-elle ?

– Bien.

– Toujours aussi belle ?... Je crois que vous êtes toujours ensemble, non ?

– C'est ça. Je vais aller la voir.

Il me donna un coup de queue, bon garçon. Complice.

– Pas de chiots en route, mon gars ?

– Non, répondis-je. Heureusement.

– On est plus tranquille comme ça. Tu la salueras pour moi ?

– Bien sûr.

– Bon, rappelle-lui que dans une quinzaine de jours vous devez tous les deux vous faire faire la piqûre de rappel contre la rage.

Agilulfo, Mórtimer et moi avons poursuivi notre chemin d'un petit trot court et tranquille. Aucun de nous trois ne parlait de Teo. Nous étions déjà près du pont, et allions nous dire au revoir, quand le teckel s'est arrêté, en nous montrant d'une patte pliée et du museau, comme un chien de concours, une boutique d'électroménager.

– Regardez ça, les gars.

Nous nous sommes approchés de la vitrine. Il y avait là plusieurs téléviseurs allumés, et tous montraient la même chose. C'était un journal télévisé comme disent les humains. Régional. Nous ne pouvions entendre le son ni lire les mots qui apparaissaient sous les images, mais, celles-ci, nous savions les interpréter.

– C'est sur Teo, a dit Agilulfo.

Nous avons tous les trois collé le museau contre la vitrine. Les images montraient un endroit pareil à un champ de bataille : les portes d'une bergerie défoncées, le sol ensanglanté et une demi-douzaine de brebis ventre en l'air, avec leurs têtes de cruches, crevées à grands coups de dents. Plus mortes que ma grand-mère. Il était évident que quelqu'un s'était offert un bon festin sur leur compte. On montrait ensuite un berger très en colère, qui parlait devant un micro en montrant le massacre. Et enfin, entre deux surveillants humains de la gendarmerie, la caméra se rapprochait de la grille d'une cage.

– Nom d'un chien, s'est exclamé Mórtimer. Quel carnage.

Dans la cage, derrière les barreaux, le museau encore taché de sang brun, sales, le poil emmêlé et les yeux brillants, il y avait deux chiens. L'un était un petit corniaud à pattes courtes et aux grands yeux noirs – il me rappelait un peu Cuco, le bodeguero que j'avais tué à la Cañada Negra – qui regardait la caméra avec un air repentant réclamant la pitié, mais de façon très outrée, comme le font ces délinquants humains qui, pris la main dans le sac, assurent qu'ils volent et tuent parce qu'ils ont faim et que la société a fait d'eux ce qu'ils sont. En essayant jusqu'à la fin, même dans le couloir de la mort, de convaincre encore les juges de leur innocence. Au flan. Et si ça passe, tant mieux.

– Que disent les mots ? a voulu savoir Mórtimer, impatient.

– Je ne sais pas, a répondu Agilulfo. Mais l'affaire est claire. Ils les ont pris sur le fait, en pleine action, en train de s'engouffrer de la brebis à pleine gueule.

– Tout de même, ils n'en ont pas laissé une seule en vie.

– Ils avaient faim, je suppose.

– Ça, ce n'est pas seulement de la faim, a fait Mórtimer en remuant les oreilles, sceptique. C'est aussi pour le plaisir, tu ne crois pas ?... C'est un drôle de massacre, ce qu'ils ont fait là.

L'autre chien, dans la cage, c'était Teo. À la différence du petit gars, qu'il dépassait d'une soixantaine de centimètres, mon ancien ami n'essayait pas de se concilier qui que ce soit. Il regardait la caméra, bien droit et ferme, d'un air de défi, semblant dire : « Je recommencerai aussitôt que vous m'aurez relâché. » Jamais je ne l'avais vu aussi imperturbable, aussi sûr de lui. Il restait assis sur ses pattes arrière, musculeux et dur, avec la gueule ensanglantée, et ces yeux qui semblaient figés par le givre mais montraient un éclat mi-résigné mi-amusé. Un éclair ironique.

Alors, dans le regard du chien qui avait été mon meilleur ami, et qui paraissait dirigé vers moi comme s'il devinait ma présence de l'autre côté de la caméra qui l'enregistrait, j'ai pu sans difficulté lire le bilan de son existence, et notre amitié, et les combats de l'Abattoir, et ces huit mois d'aventure pendant lesquels il avait hurlé au ciel étoilé les nuits de lune, couru les montagnes à la tête de la meute formée de chiens jadis fidèles à l'homme et qui, trahis, avaient fini par se joindre à d'autres frères d'exil. À d'autres proscrits sans espoir, ni loi, ni maître. Et j'ai compris que Teo voyait venir la fin qu'il avait lui-même choisie, et qu'il le faisait sereinement, rassasié de liberté, de tendre chair de brebis, d'eau fraîche des torrents et, je suppose, de belles chiennes. Après avoir réglé ses comptes avec les humains et avec la vie. Comblé et heureux.

Agilulfo souriait à mon côté, mélancolique. Presque solennel.

– Il a vu des navires de guerre en feu surgissant de l'épaule d'Orion, a-t-il dit.

– Avec les deux toujours bien accrochées, a apostillé Mórtimer.

Alors, j'ai ressenti une agréable paix, parce que j'ai su en toute certitude que Teo s'en allait sans douleur ni remords vers l'Obscure Rive.

Las Matas, août 2017

Table

Du même auteur

Le Tableau du maître flamand
grand prix de la littérature policière
Jean-Claude Lattès, 1993
et « Le Livre de poche », n° 7625

Le Club Dumas ou l'ombre de Richelieu
Jean-Claude Lattès, 1994
et « Le Livre de poche », n° 7656

Le Maître d'escrime
Seuil, 1994
et « Points », n° P154

La Peau du tambour
Seuil, 1997
et « Points », n° P518

Le Cimetière des bateaux sans nom
prix Méditerranée 2001
Seuil, 2001
et « Points », n° P995

La Reine du Sud
Seuil, 2003
et « Points », n° P1221

Le Hussard
Seuil, 2005
et « Points », n° P1460

Le Peintre de batailles
Seuil, 2007
et « Points », n° P1877

Un jour de colère
Seuil, 2008
et « Points », n° P2260

Club Dumas
Lattès, 2010
et « Le livre de poche », n° 7656

Cadix, ou la diagonale du fou
Seuil, 2011
et « Points », n° P2903

Le Tango de la Vieille Garde
Seuil, 2013
et « Points », n° P3355

La Patience du franc-tireur
Seuil, 2014
et « Points », n° P4201

Une affaire d'honneur
Pocket, 2016

Deux hommes de bien
Seuil, 2017
et « Points », n° P4750

Falcó
Seuil, 2018
et « Points », n° P5016

Eva : une aventure de Lorenzo Falco
Seuil, 2019
et « Points », n° P5260

Sabotage : une aventure de Lorenzo Falco
Seuil, 2020
et « Points », n° P5439

LES AVENTURES DU CAPITAINE ALATRISTE

1. Le Capitaine Alatriste
Seuil, 1998
et « Points », n° P725

2. Les Bûchers de Bocanegra
Seuil, 1998
et « Points », n° P740

3. Le Soleil de Breda
Seuil, 1999
et « Points », n° P753

4. L'Or du roi
Seuil, 2002
et « Points », n° P1108

5. Le Gentilhomme au pourpoint jaune
Seuil, 2004
et « Points », n° P1388

6. Corsaires du Levant
Seuil, 2008
et « Points », n° P2180

7. Le Pont des assassins
Seuil, 2012
et « Points », n° P3145

RÉALISATION : NORD COMPO À VILLENEUVE-D'ASCQ
ACHEVÉ D'IMPRIMER SUR ROTO-PAGE
PAR L'IMPRIMERIE FLOCH À MAYENNE (53100)
DÉPÔT LÉGAL : **MAI 2022**. N° 140152 (100312)
IMPRIMÉ EN FRANCE

Iris Clavien

Maritimes in Blau-Weiß

Filigrane Fenster- und Wandbilder

W0408887

frechverlag

TOPP 2345

Im frechverlag sind viele weitere Bücher erschienen. Hier eine kleine Auswahl:

TOPP 2186

TOPP 2352

TOPP 2414

TOPP 2417

Zu den Titelseitenmotiven siehe Seite 8/9.

Fotos: frechverlag GmbH + Co. Druck KG, 70499 Stuttgart; Fotostudio Ullrich & Co., Renningen

Dieses Buch enthält: 2 Vorlagenbogen

Materialangaben und Arbeitshinweise in diesem Buch wurden von der Autorin und den Mitarbeitern des Verlags sorgfältig geprüft. Eine Garantie wird jedoch nicht übernommen. Autorin und Verlag können für eventuell auftretende Fehler oder Schäden nicht haftbar gemacht werden. Das Werk und die darin gezeigten Modelle sind urheberrechtlich geschützt. Die Vervielfältigung und Verbreitung ist, außer für private, nicht kommerzielle Zwecke, untersagt und wird zivil- und strafrechtlich verfolgt. Dies gilt insbesondere für eine Verbreitung des Werkes durch Film, Funk und Fernsehen, Fotokopien oder Videoaufzeichnungen sowie für eine gewerbliche Nutzung der gezeigten Modelle.

Auflage: 5. 4. 3. 2. 1. | Letzte Zahlen
Jahr: 2003 2002 2001 2000 1999 | maßgebend

© 1999 frechverlag GmbH + Co. Druck KG, 70499 Stuttgart

ISBN 3-7724-2441-4 · Best.-Nr. 2441

Druck: frechverlag GmbH + Co. Druck KG, 70499 Stuttgart

Lust auf eine frische Brise?

Fische, Muscheln und Korallen verleihen Ihrer Wohnung ein maritimes Flair.

Wie wäre es mit einem Segeltörn? Oder möchten Sie lieber im Liegestuhl am Strand liegen und in unendliche Weiten blicken? Vielleicht träumen Sie auch davon, einen Sonnenuntergang auf einer Südseeinsel zu erleben?

Mit Tonkarton und Schere werden diese Urlaubsträume wahr. Vergessen Sie beim Ausschneiden der zauberhaften Motive den Alltag und tauchen Sie ein in blau-weiße Welten …

Material & Werkzeug

Wenn Sie in diese blau-weiße Welt eintauchen möchten, benötigen Sie:

- *Tonkarton in den gewünschten Farben*
- *Fensterfolie in den gewünschten Farben*
- *Transparentpapier*
- *Klebstoff, z. B. UHU Alleskleber*
- *Nähgarn*
- *Bleistift*
- *Kugelschreiber*
- *Schere*
- *Cutter mit geeigneter Schneideunterlage*
- *Bürohefter*
- *Büroklammern*
- *Nadel*

Weitere Materialien finden Sie bei den einzelnen Motiven.

So wird's gemacht

Wählen Sie ein Motiv aus und pausen Sie alle Motivteile ohne Überschneidungen mit Hilfe eines Bleistifts vom Vorlagenbogen auf Transparentpapier ab.

Die abgepauste Transparentvorlage legen Sie auf den gewünschten Tonkarton. Um ein Verrutschen zu vermeiden befestigen Sie das Transparentpapier mit einer bzw. mehreren Büroklammern.

Nun haben Sie zwei Möglichkeiten:

a) Sie ziehen mit dem Kugelschreiber die vorgegebenen Umrisse auf dem Transparentpapier nach. So erhalten Sie auf Ihrem Tonkarton vertiefte Konturen, welche ein präzises Ausschneiden ermöglichen.

b) Wenn Ihnen diese Konturen nicht deutlich genug erscheinen, legen Sie das Transparentpapier mit der Motivseite nach unten auf Ihren Tonkarton und ziehen die Umrisse mit dem Kugelschreiber auf der Rückseite nach. Beachten Sie bitte, dass Ihr Motiv nun spiegelverkehrt erscheint. Zur weiteren Bearbeitung müssen Sie das Motiv wieder wenden.

Bevor Sie mit dem Ausschneiden beginnen, suchen Sie sich eine geeignete Schneideunterlage, die keine Rillen aufweist. Ihr Cutter sollte sauber und die Klinge randscharf sein. Nun schneiden Sie das Motiv bzw.die Motivteile aus. Beginnen Sie mit den Innenschnitten, erst danach folgt die äußere Kontur.

Motive mit mehreren Einzelteilen werden anschließend, wie in den Abbildungen gezeigt, zusammengeklebt.

Beidseitig gearbeitete Motive

Besteht Ihr Motiv aus mehreren Teilen und soll es von beiden Seiten betrachtet werden, so empfiehlt es sich, für die aufzuklebenden Einzelteile Tonpapier anstatt Tonkarton zu verwenden, dieses doppelt zu legen und so jedes Teil doppelt zu arbeiten.

Leuchtturm

SIE BENÖTIGEN:

- *Tonkarton in Weiß und Blau*

Der Leuchtturm wird mit dem Cutter aus blauem Tonkarton herausgearbeitet. Die Möwen und die hellen Leuchtturmstreifen werden aus weißem Tonkarton mit der Schere ausgeschnitten und mit Klebstoff so auf dem blauen Grundteil fixiert wie auf der Vorlage bzw. dem Foto ersichtlich.

MOTIVHÖHE ca. 38,5 cm

Muschel-Bordüre

SIE BENÖTIGEN:

- Tonkarton in Weiß

Das Muschelbild wird mit dem Cutter aus weißem Tonkarton ausgeschnitten. Achten Sie darauf, erst die filigranen Konturen herauszuarbeiten, bevor Sie sich den größeren Flächen zuwenden.

Auf dem Titel sehen Sie eine Variante der beiden Bordüren in Blau-Weiß. Für diese Muschelbordüre müssen Rahmen und Muscheln separat ausgeschnitten werden. Anschließend fixieren Sie die Muscheln mit etwas Klebstoff am Rahmen.

MOTIVHÖHE ca. 9 cm

MOTIVHÖHE ca. 12,5 cm

Fisch-Bordüre

SIE BENÖTIGEN:

- *Tonkarton in Dunkel- und Mittelblau*
- *Wellenschere*
- *Lochzange*

Der Rahmen wird mit dem Cutter ausgeschnitten. Die äußere Kontur können Sie mit der Wellenschere gestalten. Nun fertigen Sie die Einzelteile aus dem mittelblauen Tonkarton, arbeiten Sie zuerst die inneren Konturen der Fische mit dem Cutter heraus. Die Fischaugen werden mit der Lochzange ausgestanzt. Luftblasen und Seepflanzen schneiden Sie mit der Schere aus. Fixieren Sie nun die Einzelteile mit Klebstoff am inneren Rahmen wie auf dem Foto ersichtlich.

Maritimes Mobile

Abbildung Seite 11

SIE BENÖTIGEN:

- *Tonkarton in Blau, Aqua- und Mintgrün*
- *Lochzange*
- *Bleistiftspitzer*
- *Weißes Nähgarn*
- *Mindestens zwei Holzstäbe*
- *Pro Holzstab zwei Holzkugeln mit Loch*

Das Mobile besteht aus mehreren Teilen, die Sie nach Wunsch beliebig ergänzen oder variieren können.
Die Fische werden aus blauem, die Meerespflanzen aus mintgrünem und die Seepferdchen aus aquagrünem Tonkarton mit dem Cutter ausgeschnitten. Die Augen der Seepferdchen können Sie mit der Lochzange ausstanzen.

Spitzen Sie die Enden der Holzstangen mit Hilfe eines Bleistiftspitzers leicht an. An die Enden jeder Holzstange kleben Sie dann jeweils eine kleine Holzkugel.
Stanzen Sie im oberen Randbereich mit einer Lochzange jeweils ein kleines Loch in die einzelnen Motive, fädeln Sie Nähgarn durch und verknoten Sie den Faden. Dann befestigen Sie die fertigen Einzelteile an den Holzstäben und hängen die Stäbe untereinander. Nehmen Sie dabei das Bild zu Hilfe und achten Sie auf das Gleichgewicht.

Am Strand

Abbildung Seite 12/13

SIE BENÖTIGEN:

- *Tonkarton in Weiß und Blau*

Das Strandbild wird mit dem Cutter aus weißem Tonkarton ausgeschnitten. Achten Sie darauf, dass Sie dabei von innen nach außen arbeiten. Die Wolken werden als Einzelteile aus weißem Tonkarton ebenfalls mit dem Cutter ausgeschnitten und mit Klebstoff von vorn in der oberen linken und rechten Ecke am Rahmen fixiert.
Der Seestern, die Möwen und das Wasser werden aus blauem Tonkarton mit der Schere ausgeschnitten. Kleben Sie das Meer von hinten an das Bild. Der Seestern und die Möwen werden von vorn befestigt.

MOTIVHÖHE
ca. 16 cm

MOTIVHÖHE
ca. 26,5 cm

Delfin-Bordüre

SIE BENÖTIGEN:

- *Tonkarton in Mittelblau und Blau*
- *Lochzange*

Übertragen Sie das Delfinmotiv auf mittelblauen Tonkarton und schneiden Sie es mit dem Cutter aus. Die Augen der Delfine werden mit der Lochzange ausgestanzt. Schneiden Sie noch einige Wellen aus blauem Tonkarton zu und fixieren Sie diese auf dem Bild.

Seepferdchen

SIE BENÖTIGEN:

- *Tonkarton in Weiß und Mittelblau*
- *Lochzange*

Der Rahmen wird mit dem Cutter aus weißem Tonkarton gefertigt. Arbeiten Sie dabei von innen nach außen. Die Seepferdchen schneiden Sie ebenfalls mit dem Cutter aus mittelblauem Tonkarton aus, die Augen werden mit der Lochzange ausgestanzt. Zum Schluss befestigen Sie die Seepferdchen mit Klebstoff an der Korallenpflanze und dem Rahmen.

MOTIVHÖHE
ca. 22 cm

Korallen-landschaft

SIE BENÖTIGEN:

- *Tonkarton in Blau*
- *Lochzange*

Diese Unterwasserlandschaft wird mit dem Cutter aus blauem Tonkarton ausgeschnitten. Beginnen Sie hierbei mit den kleinen Innenschnitten, bevor Sie sich den größeren Flächen zuwenden. Erst zum Schluss schneiden Sie den äußeren Rahmen aus, um eine gewisse Stabilität zu behalten. Die Fischaugen werden mit der Lochzange ausgestanzt.

MOTIVHÖHE ca. 27 cm

Segeltörn

SIE BENÖTIGEN:

- *Tonkarton in Mittelblau*
- *Cutter*

Übertragen Sie das Segelbootmotiv auf mittelblauen Tonkarton und schneiden Sie es mit dem Cutter aus. Denken Sie daran, von innen nach außen zu arbeiten. Beginnen Sie mit den ganz feinen Konturen.

MOTIVHÖHE
ca. 32,5 cm

Fischernetz

SIE BENÖTIGEN:

- *Tonkarton in Weiß und Blau*

Das Fischernetz wird mit Hilfe des Cutters aus weißem Tonkarton gefertigt. Arbeiten Sie die Konturen von innen nach außen heraus.
Der Seestern, der Hummer, der Krebs und die Muschel werden ebenfalls mit dem Cutter aus blauem Tonkarton ausgeschnitten. Fixieren Sie die Einzelteile mit wenig Klebstoff auf dem Netz.

Im Zeichen von Steuerrad und Anker

Abbildung Seite 22/23

SIE BENÖTIGEN:

- Tonkarton in Weiß und Blau
- Lochzange

Die Vorlage für den Rahmen wird beim Übertragen an der gestrichelten Linie nochmals spiegelverkehrt angelegt.
Schneiden Sie den Rahmen mit dem Cutter aus blauem Tonkarton aus. Das Steuerrad und der Anker werden aus weißem Tonkarton gefertigt. Achten Sie darauf, erst die Innenlinien mit dem Cutter herauszuarbeiten, bevor Sie mit der Schere den äußeren Umriss nachschneiden.
Die kleinen runden Löcher in der Ankerkette und im Steuerrad werden mit der Lochzange ausgestanzt. Anschließend befestigen Sie das Steuerrad, den Anker und die Ankerkette mit Klebstoff von vorn am Rahmen.

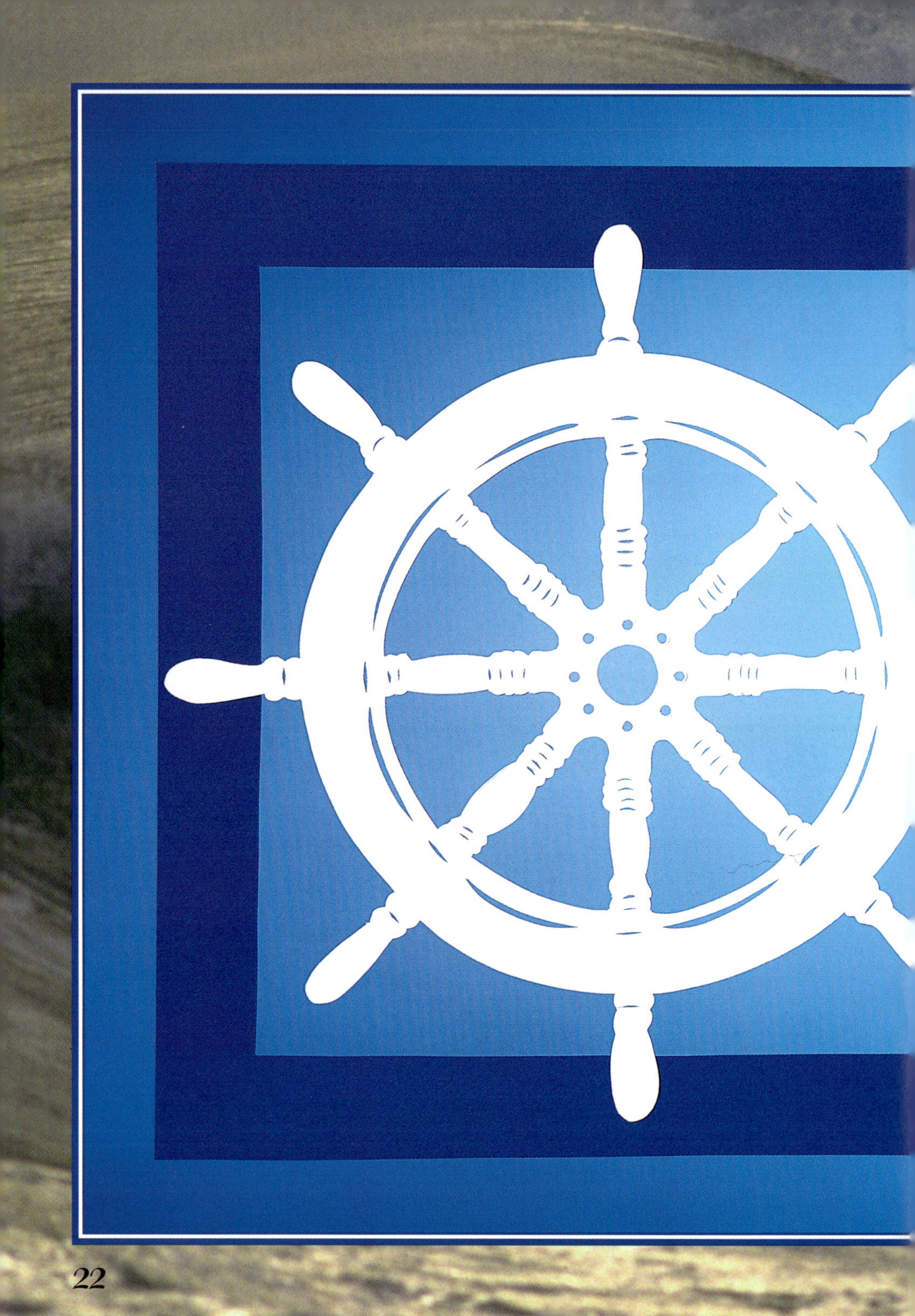

MOTIVHÖHE
ca. 28 cm

Auf hoher See

SIE BENÖTIGEN:

- *Tonkarton in Weiß und Blau*

Das Schiff wird mit dem Cutter aus weißem Tonkarton ausgeschnitten. Beginnen Sie mit den Innenkonturen, um eine gewisse Stabilität zu behalten.
Das Wasser und die Fähnchen werden ebenfalls mit dem Cutter aus blauem Tonkarton herausgearbeitet. Kleben Sie die Fähnchen und das Wasser an das Schiff.

Sie können Ihr Motiv um die Wolken und die Möwen erweitern, die zu dem Motiv „Strandidylle", Seite 12/13, gehören.

MOTIVHÖHE
ca. 33,5 cm

MOTIVHÖHE
ca. 27 cm

Seil mit Anker und Steuerrad

SIE BENÖTIGEN:

- *Tonkarton in Weiß und Blau*
- *Lochzange*

Das Seil schneiden Sie mit dem Cutter aus weißem Tonkarton aus, beginnen Sie mit den Innenkonturen. Den Anker und das Steuerrad arbeiten Sie aus blauem Tonkarton, wobei Sie das Muster am Steuerrad mit der Lochzange ausstanzen. Dann kleben Sie die Einzelteile am Seil fest.

MOTIVHÖHE
ca. 25 cm

Südseeträume

Abbildung Seite 28/29

SIE BENÖTIGEN:

- *Tonkarton in Weiß, Aquagrün und Orange*

Die Südseeinsel wird mit dem Cutter aus weißem Tonkarton gearbeitet. Schneiden Sie von innen nach außen.
Die Abendsonne wird mit der Schere aus orangefarbenem und das Wasser aus aquagrünem Tonkarton geschnitten. Mit dem Cutter schneiden Sie die Konturen der Wellen heraus.
Fixieren Sie das Wasser und die Sonne mit Klebstoff hinter dem halbkreisförmigen Rahmen.

Ideen fürs Bad

Abbildungen Seite 31 und 32

Maritime Motive passen sehr gut ins Badezimmer. Da Tonkarton sich bei zu viel Feuchtigkeit wellt, empfiehlt es sich, die Modelle aus Fensterfolie zu arbeiten. So können Sie die Motive auch einzeln auf Fliesen kleben.

SIE BENÖTIGEN:

- *Fensterfolie in Dunkel- oder Mittelblau*
- *Lochzange*

Übertragen Sie den Seestern, den Hummer, den Krebs und die Muschel (Abbildung Seite 31) oder die Fische, die Wasserpflanze und die Luftbläschen (Abbildung Seite 32) nach Methode b, Seite 5, auf die Rückseite der Fensterfolie.
Schneiden Sie die Einzelteile mit Hilfe des Cutters aus. Achten Sie darauf, zuerst die inneren Konturen herauszuarbeiten, bevor Sie mit der Schere oder dem Cutter den äußeren Umriss frei legen.
Die Fischaugen werden mit der Lochzange ausgestanzt. Die Wasserpflanze lässt sich am besten mit der Schere ausschneiden.